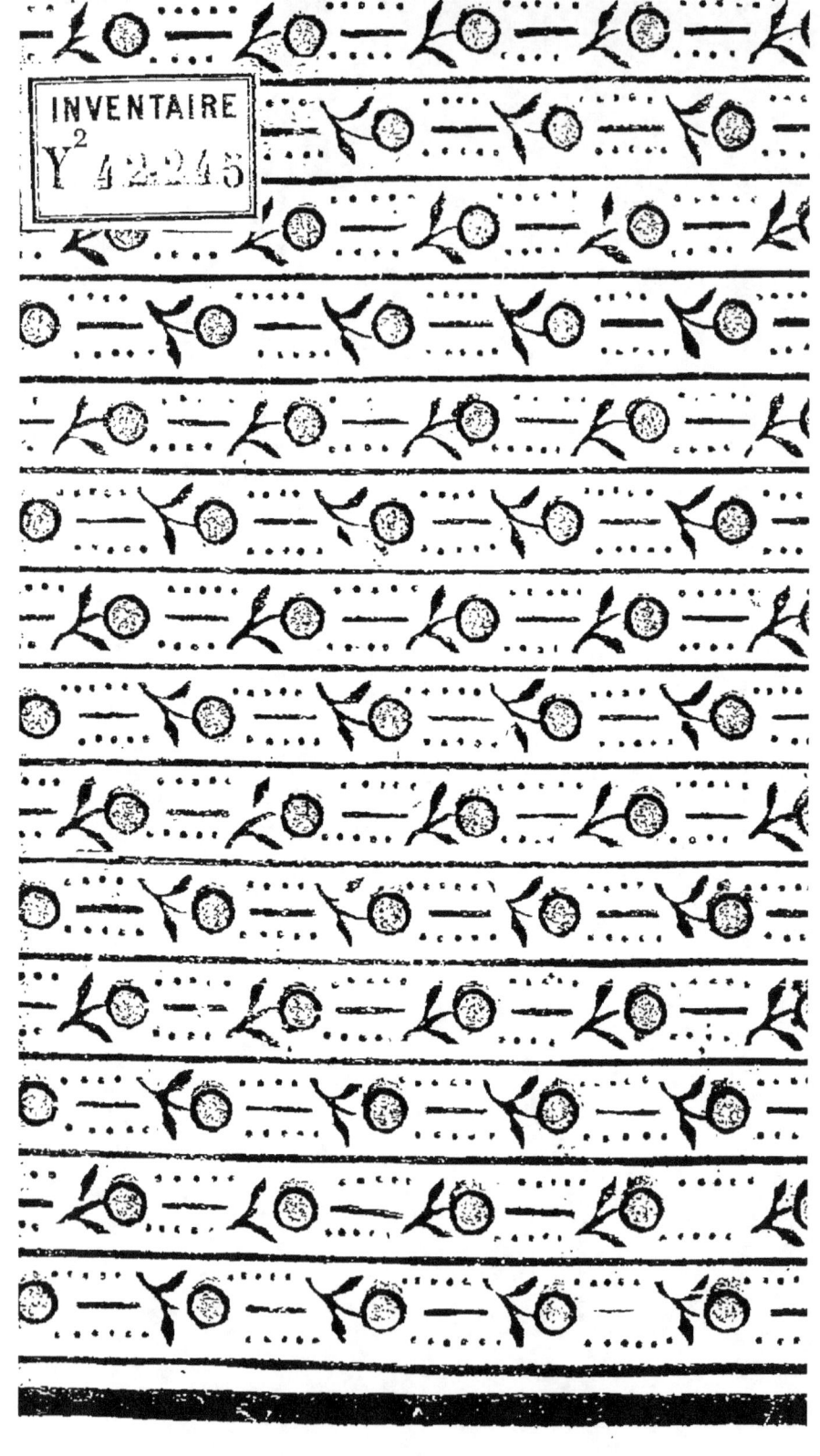

HISTOIRE

DE LA
VIE ET DE LA MORT
DE

BIANCA CAPELLO.

Epargnons lui les douleurs donnons lui
la mort pendant quelle sommeille.

HISTOIRE

DE LA
VIE ET DE LA MORT
DE

BIANCA CAPELLO,

NOBLE VÉNITIENNE
ET GRANDE DUCHESSE
DE TOSCANE.

Sævus amor ! ..... VIRG. Eccl. VIII.

TOME SECOND.

A PARIS,

Chez MARADAN , Libraire , Hôtel de
Château-Vieux, rue Saint-André-des-
Arts.

1790.

HISTOIRE

DE LA

VIE ET DE LA MORT

DE

BIANCA CAPELLO,

NOBLE VÉNITIENNE,

ET GRANDE-DUCHESSE

DE TOSCANE.

Cᴇ difcours d'autant plus fingulier qu'il eut lieu après la nôce, tandis qu'à l'égard de la majeure partie des hommes, femblables entretiens de tendreffe n'ont

Tome II.   A

communément lieu qu'avant le mariage. — Seul interrompu par le retour du berger, qui étoit allé éteindre fa foif à une fource voifine, & qui vint les avertir qu'il étoit tems de continuer leur marche, parce qu'il ne pouvoit, fans inquiétude, favoir fon troupeau expofé plus long-tems à la garde d'une fille négligente. Ils fuivirent fon confeil, & arriverent fous peu de tems à Piftoye ; Bonaventuri y vendit une de fes bagues, pour fe procurer de quoi fatisfaire ce brave berger ; & le lendemain ils atteignirent Florence, fans autre difficulté.

Bonaventuri, convenu avec fon époufe de faire un fecret de la véritable origine de Bianca, même à fes parens, courut à la cabane de fon pere, qui ne reconnut d'abord fon fils qu'avec peine, mais qui le reçut enfuite avec des larmes de joie & de cordialité ; fa mere l'étouffa prefque, à force de l'embraffer, & tous deux l'accablent de queftions & de tendreffe,

Quel fuberbe fpectacle ! Cependant comme les fcenes de cette efpece font déjà fort fréquemment décrites, je ne rapporterai que la fin de la préfente.

LE PERE.

Je vous remercie, grand Dieu tout-puiffant, de m'avoir fait la grace particuliere de revoir encore mon fils, avant que mes yeux, déjà fixés par l'âge, fe fermaffent pour toujours ! — (*A fon époufe.*) Ma chere compagne, lorfque je ferai à l'agonie, fi l'approche de la mort devoit m'affliger, rappelle-toi du moment actuel, & fon fouvenir adoucira toute fon amertume. — (*Il apperçoit Bianca, qui s'étoit tenue jufqu'alors à l'écart, & voilée.*) Mon cher fils, qui eft cette Dame qui t'accompagne, & que l'ivreffe de ma joie m'a jufqu'ici empêché de remarquer?—Pardonnez-moi, charmante inconnue, vous n'avez pas l'air d'une efpece, qu'on ait coutume de ne pas obferver ; mais dans ce moment le Grand-Duc, lui-même, auroit pu entrer chez moi fans que j'y euffe fait attention, tant mon plaifir eft grand.

LA MERE.

Grand Dieu, combien la joie nous aveugle ! — Qui eft donc cette Dame, mon cher fils ?

BONAVENTURI. (*En la conduifant plus près de fes parens.*)

C'eft mon époufe, Martella Albani.

LE PERE. (*Surpris*).

Ton époufe, mon fils ? Si inopinément ?

LA MERE.

Comment, ton époufe ? — Déjà en ce moment, mon fils ? — Comment donc ?

BONAVENTURI. (*Souriant.*)

Je comprends votre furprife , mes chers parens ; je comprends ces paroles entre-coupées , & ce que vous voulez dire. — (*En levant le voile de Bianca.*) Mais regardez & jugez, fi d'après ces attraits, foutenus par une grandeur d'ame fans égale, j'aurois pu différer jufqu'à ce qu'il eût plu à la fortune de fufpendre fes injuftices envers nous ?

BIANCA. (*En faififfant & baifant leurs mains.*)

O mon pere ! — O ma mere ! que je vois pour la premiere fois , & que je chéris fi tendrement , dès le premier abord, recevez votre fille, recevez, fans reffentiment, l'époufe de votre fils unique !

LA MERE. (*en l'embraffant.*)

Jufte ciel ! qui pourroit fe fâcher à

A 3

l'aſpect de tant d'attraits, & de cet air d'innocence ? — Tu poſſédes l'éloquence qui parle au cœur.

LE PERE.

Reçois ce baiſer paternel plein de ten-dreſſe ! — (*En l'examinant avec joie.*) Je reconnois-là le ſang des Bonaventuri. Ils vivent depuis long-tems dans la pau-vreté ; mais de tout tems ils ont eu l'ha-bitude de s'aſſocier à de belles compa-gnes, & de ne vendre leur liberté, qu'en donnant leurs cœurs & leurs mains qu'à des épouſes attrayantes. — Même ma vieille moitié, qui griſonne aujour-d'hui, étoit autrefois une grande beauté. Ses joues, ma chere fille, ne le cédoient pas de beaucoup aux tiennes, à la fleur de ſon âge, & pluſieurs Comtes & Mar-quis, dont elle avoit rejetté & dédaigné les bourſes pleines de ducats, m'envie-rent les délices du lit nuptial, qui ne fauroit avoir été plus raviffant pour toi, mon cher fils !

LA MERE.

A quoi fert ce bavardage ? N'eft-tu pas honteux de parler de la forte ?

LE PERE. (*En fouriant.*)

Tu fais la petite bouche ! ma chere comme fi vous n'étiez pas charmées, vous autres femmes, d'entendre encore faire vos éloges à l'âge de quatre-vingt dix ans (1); comme fi cela te faifoit préfentement de la peine, lorfque j'affure que tes yeux étoient brillans & noirs comme du jais. Vraiment il faudroit que ma mémoire fût bien ingrate, fi j'oubliois qu'en général le beau fexe préfere la gloire & la louange à la nourriture & au bien-être. — Quoiqu'il en foit, en un mot,

---

(1) La mere de Bonaventuri n'étoit, à beaucoup près, point de cet âge.

A 4

ma chere fille, ta belle mere t'égaloit autrefois en beauté, & j'efpere que tu l'imiteras auffi en vertu conjugale.

BIANCA.

Du moins je m'efforcerai pour y parvenir.

LE PERE.

Tes yeux me le promettent. Mon fils, raconte-moi à préfent : comment as-tu fait pour t'initier fi fubitement dans le nombreux ordre de la félicité & de la mifere, dans l'ordre des follicitudes économiques? — Qu'étois-tu, ma fille, avant que tu devinffe ma bru ?

BIANCA.

Mon pere, Michel Albani, étoit un Négociant aifé de Venife. Bonaventuri, dont le maître étoit lié de commerce avec nous, m'aimoit depuis long-tems, & il trouva un jufte retour dans mon cœur ;

mais malheureufement ! aucune difpofi-
tion chez mon pere propre à encourager
notre amour , parce que l'avarice de ce
dernier furpaffoit de beaucoup fes richeffes. — Il poffédoit cependant une
vertu peu commune chez les avares ; il
étoit un ami chaud & fincere ; & par
un effet affez fingulier , cette vertu unique fur-tout lui enleva les biens qu'il
avoit ramaffés avec beaucoup de peine.
Il s'étoit rendu caution d'un fourbe , par
un excès de confiance en fa promeffe &
en leur amitié primitive , il perdit en
un jour la moitié de fon bien ; deux jours
plutard il reçut la trifte & accablante
nouvelle qu'un navire naufragé lui em-
portoit l'autre moitié , & il mourut le
lendemain. — (*Une courte paufe.*) Il
n'appartient pas à la fille de juger fi ce
fût l'effet du poifon ou du chagrin.

LE PERE.

Fille infortunée !

A 5

LA MERE. (*En faiſant un grand ſigne de croix.*)

Saint Antoine, priez pour nous !

BONAVENTURI. (*A part.*)

Ha , ha, outre les avantages que poſ-
ſédoit autrefois ſon ſexe , voici cependant auſſi un de ſes défauts ; elle ſait
raconter des choſes imaginées , comme
ſi c'étoit les plus grandes vérités.

BIANCA.

A peine avoit-il fermé les yeux, que
je fis appeller Bonaventuri. Cet évenement redoubla mon inquiétude ſur notte
amour, au lieu de la faire ceſſer ; parce
que je tombai ſous l'autorité d'un oncle
dur, dont le fils me tourmentoit depuis
long-tems par une inclination qui me
déplaiſoit infiniment. Il falloit tout de
ſuite me ſouſtraire à cette inclination,

ou courir les rifques de ne jamais pouvoir l'éviter. —— Mon amant parut.
» Mon ami, lui dis-je, fi tu m'as ja-
» mais aimé d'une tendreffe fincere ,
» prouve-le moi préfentement. Je fuis
» prête à me fauver avec toi ; mais
» apprends que je ne poffède plus autre
» chofe que ce que j'ai fur le corps.
» Mon pere..... « Je le prévins de ce
que je viens vous raconter , & lorfque
j'eus achevé , le brave jeune homme
tomba à mes pieds, il me jura une fidélité éternelle , & fe fauva avec moi. —
Faites-lui grace, pardonnez-lui, s'il vous
a manqué ; c'eft moi qui en fuis la caufe.

LE PERE. (*Avec fenfibilité.*)

Il a fait ce qu'il devoit faire ! — Je
le renierois pour mon fils , fi j'appre-
nois qu'il en eût agi autrement.

LA MERE.

Tu es notre chere fille. Puiffe ma bénédiction maternelle fe répandre fur toi ! — Reçois en même-tems mon regret ! Ton pere étoit riche , & chez nous tu ne trouves que la pauvreté.

LE PERE. (*D'un air de mécontement.*)

De la mifere, ma mie ? Sais-tu que je n'aime pas que l'on mente à force d'exagérer la vérité. — Nomme-moi un feul jour où nous n'ayons pas eu de quoi dîner ? Ou un foir où nous nous foyons couchés fans fouper ?

LA MERE.

Je n'en connois point. Mais quiconque eft accoutumé à faire bonne chere , meurt à moitié de faim lorfqu'il n'a que du pain fec à-manger.

BIANCA.

Plufieurs penferoient de la forte , mais non pas moi ! — Prefcrivez-moi quelle occupation il vous plaira , & vous ver-

rez fi j'aurai honte de m'y appliquer ;
tant qu'elle fera honnête ! Si jufqu'à ce
moment vous avez fubfiftés du travail
de vos mains , dès à préfent deux bras
de plus feront tous leurs efforts pour
gigner quelque chofe de plus ; ils con-
tribueront à pourvoir à l'entretien du
ménage.

LE PERE.

Cela s'appelle parler avec courage !
Voyons fi tu parles férieufement. — Jufqu'à préfent nous avons eu une cuifi-
niere ; une pauvre orpheline de pere &
de mere , qui nous eft tombée en partage , comme notre filleule , & comme
coufine germaine , prend foin des affaires du dehors. Ma chere moitié , commence dès aujourd'hui à partager avec
notre bru les travaux de la cuifine, nous
aurons déjà une épargne , & la providence pourvoiera conjointement avec

notre affiduité au néceffaire , pour fournir à la cuifine.

BIANCA.

Je confens très-volontiers à votre propofition. — Ma chere mere , ayez feulement un peu de patience avec moi dans
les commencemens ; je fuis une jeune
apprentive , & les écolieres manquent
fouvent avec la meilleure volonté (*Tandis qu'elle fixe Bonaventuri , & qu'elle
s'apperçoit qu'il s'effuie les yeux , en
courant à lui , & en l'embraffant.*) Que
te manque-t-il préfentement que nous
fommes en fûreté ? Loin d'ici ces larmes ,
& celles qui pourroient leur fuccéder !
Je te les pardonnois lorfque je montai
dans la gondole , où j'étois dans un
péril continuel d'être arrêté ; mais à préfent — crains-tu peut-être que je ne ferai
plus affez attrayante à tes yeux , lorfque
la douceur & la blancheur de ces mains

fe trouveront un peu diminuées & hâ-
lées par le foleil & le travail ?

BONAVENTURI.

Dieu te pardonne une queſtion de
cette nature , qui d'ailleurs n'émane ,
à coup fûr, que du bord de tes levres ! —
Ho , tu ferois encore une beauté , quand
bien même tes charmes fe flétriroient !
Qui parmi les humains mérite de te
poſſéder , beauté divine ? Et quel méprifable mortel te poſſéde ? (*Il court*
fe cacher dans la chambre voifine ; elle
l'y fuit pour le confoler.)

Bianca tint fcrupuleufement parole.
Elle entreprit heureufement toutes fortes
de travaux , même les plus pénibles ,
avec autant de zele & d'ardeur que fi
elle avoit été élevée dès fa tendre jeu-
neſſe pour gouverner un ménage , & fa
belle-mere étoit fouvent obligée de lu

ordonner le repos , comme une occupation très-néceſſaire. Souvent fatiguée des travaux de la journée , quand elle vouloit ſe placer le ſoir au côté de ſon époux , d'un air amical & enjoué , elle liſoit l'angoiſſe dans ſon ame , & elle ſe faiſoit violence pour redoubler ſa gaieté & ſa vivacité. Mais ſa feinte ne lui en impoſoit pas ; ſouvent ſes larmes découloient ſur ſes joues tout en l'embraſſant ; & lorſqu'il l'a ſurprit un jour pendant qu'elle entortilloit ſecrétement avec du vieux linge ſa main, qu'elle avoit déchirée juſqu'au ſang à la cuiſine , il ſe jetta à ſes pieds , pénétré d'une douleur extrême.

A quoi ſert, s'écria-t-il , à quoi ſert cette clémence céleſte , par laquelle tu cherches à me cacher toute la langueur & la douleur que t'occaſionne ton abaiſſement ? Cet abaiſſement que moi , infortuné, t'ai ſeul attiré ! — Penſes-tu que je m'en faſſe des reproches moins.

amers, parce que tu te fais violence de ne me les pas faire à haute voix ? — Ou ton gémissement secret m'accuse-t-il le ressentiment que tu renfermes depuis long-tems en toi-même , & auquel tu ne donnes essor que quand tu es seule ? Me dénonce-t-il moins devant le tribunal du Juge suprême que le feroit des larmes publiquement répandues ?

B I A N C A. (*En le relevant.*)

Que babilles - tu , mon cher ami ? Quelle est la noire imagination qui te tourmente sans le moindre fondement ?

B O N A V E N T U R I.

Imagination ? Est-ce une imagination , quand je vois de mes propres yeux découler la sueur d'une servante , du front d'une Dame, que vingt esclaves servoient autrefois ? Est-ce une imagination quand je lave avec ma langue ce sang

de ta main , que tu as bleſſée en te li-
vrant aux occupations les plus viles?

BIANCA.

Viles? Qu'entends-tu par-là , cher Bonaventuri ? Un travail , indiſpenſable à
notre entretien & ſuſceptible d'aucun
reproche de conſcience , peut-il être en-
viſagé comme une baſſeſſe ? Un repis
royal eſt-il plus agréable que celui que
mon induſtrie perſonnelle prépare , &
pour lequel la peine & le mouvement
m'excite un appétit dévorant ? Une fi-
deie épouſe manque-t-elle de contentement lorſqu'elle habite ſous un même
toît avec le mari qu'elle s'eſt choiſie elle-
même , qu'elle repoſe à ſon côté , qu'elle
ſe nourrit de ſes regards , de ſes paroles
& de ſes embraſſemens? — Regarde, So-
phiſte, voilà mon fort; & tu murmures,
tandis que tu devrois adreſſer des actions
de graces au Ciel ? Il eſt vrai, mon cher
époux, je ne te cacherai pas davantage

que je me fuis bleffé jufqu'au fang à
cette main en travaillant ; & pour que
tu fois entiérement convaincu de ma
fincérité , apprends que cela arriva en
m'occupant pour toi !

BONAVENTURI.

Pour moi ? Ah , cruelle époufe ! &
tu me défends de m'en affliger , de m'en
faire moi-même des reproches.

BIANCA.

Vraiment oui , je te le défends ! Ne
fens-tu pas que ce doit être une douce
fatisfaction de répandre fon fang pour
quelqu'un que l'on aime tendrement ?
Que l'on en répande fi peu & de quelle
maniere que l'on voudra, l'on n'en reffent
ni plus ni moins un certain plaifir, qui
de même que mille autres fe laiffe mieux
fentir qu'exprimer.

BONAVENTURI.

Petite folâtre !

BIANCA.

Hé bien , pour parler franchement ,
en ce point à peine pourrois-je appréhen-

der de décompter avec toi tant que je me souviendrai du Mont Appennin , & de mon porteur à travers cette effroyable montagne. — (*En regardant vers un coin de la chambre.*) — Mais vois-tu, j'aurois presque oublié qu'il ne manquoit point d'amusement !

BONAVENTURI.

D'amusement ?

BIANCA.

Ce luth n'en est-il pas un ? T'ai-je déjà joué dessus , ou chanté , la nouvelle chanson, qui de plus pourroit bien être à moitié de ma propre composition ?

BONAVENTURI.

Laquelle? Laquelle ? Je t'en conjure, joue-là moi.

BIANCA. (*En saisissant le luth.*

Ecoute donc , puisse être un baume

falutaire pour ton cœur , ce qui paroîtra peut-être diffonnant à ton oreille. — (*Elle chante en dirigeant le plus tendre regard vers Bonaventuri.*) La chanfon , qui étoit prefqu'entiérement fortie de l'imagination enjouée de Bianca , prou-voit clairement que contentement paf-foit richeffes. — (*Au dernier couplet, elle pofa fon luth de côté , & elle em-braffa tendrement fon cher Bonaventuri.*)

BONAVENTURI. (*Tranfporté de joie.*)

Faffe le Ciel qu'aucun ange ne foit témoin de ma joie extrême ! L'envie de ma félicité pourroit augmenter aifément le nombre des apoftats. — Modele du beau fexe , même le Dominateur de l'Indoftan ne peut fe comparer à moi , quant aux ri-cheffes , malgré fes tréfors confidérables.

BIANCA.

Flatteur ! (*L'on entend un bruit fourd;* *Bianca court à la fenêtre.*) Quel eft ce

bruit du peuple dans la rue ? Que fignifie
ces acclamations de joie de la multitude ?

BONAVENTURI. (*Qui va auffi à la croifée.*)

Rien autre chofe , finon que notre
Grand - Duc paffera inceflamment ici à
cheval.

BIANCA.

Le Grand-Duc ? — Je ne l'ai pas
encore vu. — (*En regardant à travers
les rideaux.*) C'eft un beau Seigneur !
Sa mine décele la grandeur d'ame.

BONAVENTURI.

Elle n'en fait cependant pas connoître
le tiers de celle qui lui eft perfonnelle.
La générofité de fon cœur , fût-il né dans
l'obfcurité , l'éleveroit également autant
au-deffus de tous les Florentins , que le
font préfentement la dignité & la naiffance.

BIANCA.

Le maudit rideau ! Il eſt cauſe que je ne peux auſſi exactement admirer ce Prince, tant eſtimé, que je le déſire-rois.

BONAVENTURI. (*En ricannant.*)

Tu peux obvier à cet obſtacle avec le bout du doigt.

BIANCA. (*En badinant.*)

Le penſe-tu ? Me le permets-tu ? (*Elle ouvre tant ſoit peu la fenêtre & le rideau.*)

BONAVENEURI.

Vois-tu, il regarde en haut ! — Il te fixe de nouveau ! — Bianca, n'as-tu pas lu dans ſa phyſionomie même cette penſée : Ventrebleu ! voilà une char-mante femme !

BIANCA. (*En fouriant.*)

Non, certainement je n'ai rien lu de
femblable ! T'imagines-tu que tous les
hommes foient auffi aveuglés , & choi-
fiffent auffi mal que toi ? (*Le Grand-*
Duc regarde encore une fois en arriere ;
Bianca laiffe tomber le rideau.)

BONAVENEURI. (*Riant.*)

N'eft-il pas tel que je l'ai prédit ? —
Ne s'eft-il pas encore retourné une fois
pour t'examiner? — Charmante Bianca,
faffe le Ciel que je ne conçoive point de
jaloufie !

BIANCA.

Ha , ha , ha ; en effet l'on doit s'attendre à toutes fortes d'injuftices de la
part de vous autres, les hommes ! Celle-
ci feroit cependant trop forte pour que
l'on pût y ajouter foi.

Il eft évident que Bonaventuri ne
pouvoit

pouvoit parler férieufement lorfqu'il me-
naçoit de prendre de la jaloufie. Il connoiffoit trop bien la vertu de Bianca,
& l'évenement concernant le regard du
Prince, en arriere, étoit trop équivoque. — Il eft affez furprenant, la chofe
confidérée fous un autre point de vue,
que notre Héros n'ait cependant eu jamais
plus de fujet d'être fur fes gardes qu'alors;
car ce qui paroiffoit une minutie devint
dans la fuite du téms la fource des éve-
nemens les plus extraordinaires.

François, Grand-Duc de Florence,
fils du célebre Côme, étoit non-feulement un des plus beaux hommes, un
des plus généreux Princes de fon tems,
mais auffi un des plus fenfibles. — Uni,
par un mariage malheureux, à une
époufe (1), — dont l'ame contraftoit

_____

(1) Le févere hiftoriographe pardonnera
au poëte, s'il s'écarte un peu de la vérité
de l'Hiftoire.

Tome II.   B

entiérement avec la fienne , cette époufe
le tourmentoit par un efprit de jaloufie,
fans l'en dédommager par la moindre
marque d'amour. — Son cœur, qui ne
pouvoit refter dans l'inaction , étoit alors
ouvert à chaque fentiment : il chercha
parmi tout ce qui l'environnoit , fans
découvrir un objet qui pût lui plaire.
Un de fes regards tomba à l'improvifte
fur Bianca : un rayon de lumiere ne
perce pas plus fubitement à travers les
profondeurs immenfes , que l'amour ne
pénétra dans fon cœur à l'aide d'un feul
regard. Il lui fembloit n'avoir rien vu
de fon vivant qui pût être comparé à
la beauté de cette inconnue. Sa main
gauche trembla en tenant la bride du
cheval , & la baguette lui tomba de la
droite : le plus petit écart l'auroit pro-
bablement entraîné. Il balança , il regarda
dix fois derriere lui ; il rougit , il pâlit
fucceffivement. Etant arrivé à la chaffe ,
où il alloit , il n'apperçut ni fentier

ni foſſés, ni arbre ni gibier, & il pût à peine ſoutenir la chaſſe pendant une demi-heure.

Naturellement, il paſſa de rechef devant le logement de Bianca en s'en retournant : il ne la vit pas. — Son cheval aiguillonné à deſſein par lui-même ſe cabra : tout le monde, inquiet pour ſa vie, courut aux fenêtres, excepté Bianca, contre les fenêtres de laquelle le Prince fixoit ſa vue. Il ſe retourna dix fois ſans l'appercevoir ; enfin il regagna triſtement ſon château ; ſe retira ſeul dans ſes appartemens, ne parut ni au jeu, ni à table, & jetta en peu de jours une grande inquiétude parmi toute la cour.

Parmi le nombre de ſes officiers, il s'en trouvoit un, nommé Mondragon, eſpagnol de nation, le favori du Grand-Duc François. Il avoit eu quelque part à l'éducation du Souverain, ainſi qu'à celle de ſon frere Ferdinand, alors Cardinal de Médicis; il ne s'étoit cependant acquis aucun mérite, car il faisoit partie de cette innombrable classe de courtisans, qui mettent de préférence toute leur confiance en leurs Souverains, & qui croient seulement quelquefois en Dieu; savoir, quand le tonnere gronde, ou quand ils font malades, ou quand leur crédit est chancelant. Rien n'est plus douloureux pour des hommes de cette espece, qui font plus de cas d'un sourire gracieux du Prince, que des dix Commandemens de Dieu; d'un mot dit en secret par le Monarque, que de la religion entiere, & qui marchent d'un pas plus courageux pour gagner la confiance du Souverain, que pour acquérir la loyauté & l'humanité. — Rien n'est plus affligeant, dis-je, pour des hommes de cette espece, que lorsqu'ils remarquent quelque changement secret chez leurs supérieurs, & qu'ils ne peuvent en deviner la cause; c'est pour cette raison que Mondragon réfolut d'épier ce qui fe paffoit alors , & de rendre la férénité d'efprit à fon maître , quoiqu'il eût lui en coûter.

» Votre Alteffe Séréniffime (*lui dit-il un jour d'abord après les premiers complimens d'entrée*) a-t-elle déjà vu le nouvel opéra que le jeune Muficien de Naples a compofé ?

LE GRAND-DUC. (*Un peu ennuyé.*)

Comment peux-tu faire une pareille queftion ? N'es-tu pas par-tout où je fuis , quand l'aurois-je vu ?

MONDRAGON.

On le vante comme quelque chofe d'admirable. L'on ne connoît aucune piece de mufique auffi gaie & auffi entraînante , les arriettes font d'une douceur furprenante. La fable elle-même eft , dit-on , merveilleufement bien arrangée & bien expliquée.

B 3

LE GRAND-DUC. (*Avec beaucoup d'indifférence.*)

Oui ?

MONDRAGON.

Les Chanteurs de la Cour ont déjà fini avant-hier de l'apprendre. Votre Alteffe Séréniffime defire-t-elle de l'entendre aujourd'hui ?

LE GRAND-DUC.

Non, certainement pas. Une mufique gaie contrafte trop avec mon humeur ! Celle-là doit-elle devenir trifte par celle-ci, ou la derniere doit-elle être égayée par la premiere ?

MONDRAGON.

Vraifemblablement la mufique doit infpirer la gaieté.

LE GRAND-DUC.

Vaine efpérance ! Ce plan eft abfolument le même que fi tu voulois intercepter le fon des timbales avec une flûte.

MONDRAGON.

Le marchand qui avoit promis de procurer le tableau de Michel Ange, eft de retour ; il a tenu parole. L'on eft ftupéfait en le voyant ! On n'entreprend pas d'en faire l'éloge, parce que l'on fent bien que l'on ne pourroit fuffifamment le louer. La mine de Lucrece, la vivacité & la délicateffe de fa chair, la beauté de fon fein, la nobleffe de fon habillement tombant en arriere ; enfin le tout eft raviffant, l'on ne fauroit s'empêcher de défirer d'être Sextus Tarquinius, quand bien l'on perdroit un royaume.

LE GRAND-DUC.

Qu'on le place dans la galerie.

B 4

MONDRAGON.

Et le cheval anglois que V. A. S. vit dernierement, & qu'elle désiroit de monter, on l'a découvert à présent, & il est à vendre. — L'on ne vit jamais un plus beau cheval ; V. A. S. . . . . .

LE GRAND-DUC. (*Impatient.*)

Mondragon , faut-il que je répéte que mon humeur est triste aujourd'hui , & que je veux être sombre ? C'est en vain que tu cherches à étaler toutes les nouveautés qui pouvoient m'amuser autrefois ; le tems passé n'est plus ! — Examine mon cœur ! Lis dedans , & alors !

MONDRAGON.

Quelle satisfaction j'aurois de pouvoir y lire , pour deviner , & peut-être porter du secours , si toutefois j'osois & pouvois ! Mais qui peut regarder dans une armoire fermée ?

LE GRAND-DUC. (*En souriant amé-*
rement.)

Pauvre prétendu connoisseur d'hommes, pas même lorsqu'elle est simplement close d'une porte vitrée ? — Mondragon, il me semble que l'on n'a que
faire de livres sibyllins pour connoître
la tristesse qui me ronge le cœur ? —
Souverain d'un peuple heureux & nombreux, je suis peut-être seul malheureux ; certainement je suis du moins le
plus infortuné parmi ce peuple. Combien parmi ceux qui ont soin de mes
chevaux, qui nettoient mes appartemens, reposent tranquillement, après
les heures du travail, dans les bras d'une
femme, qu'ils aiment, & qui les rend
heureux ; tandis qu'uni par des liens
politiques à une épouse qui me hait &
me tourmente, je veille en soupirant.

MONDRAGON.

Altesse Sérénissime !

B 5

LE GRAND-DUC. (*Qui l'interrompt aussi-tôt en le prenant brusquement par la main.*)

Mondragon , d'ailleurs tu le connois ce cœur qui palpite en désordre ! Tu l'as déjà observé dans le tems qu'il n'avoit encore d'autre désir que d'assister à un bal , dans le tems qu'une ganse de chapeau , garnie de diamans , faisoit tout mon bonheur. Tu ne peux avoir oublié qu'un amour précoce devint ma plus violente passion , & tu peux encore demander pourquoi je m'afflige présentement ?

MONDRAGON.

Mais comment est-il possible que cette passion soit permanente , & puisse rester aussi long-tems sans être satisfaite, à l'égard d'un prince que chacun adore comme Souverain ; que tout le monde estime comme humain , & que toutes les belles font portées à aimer comme homme ? Prince, au-deſſus de toutes les loix humaines, pourquoi voulez-vous donc ſi ſoigneuſement & ſi triſtement vous ſoumettre aux uſages des hommes ? — N'y a-t-il pas aſſez de belles à la Cour de Florence, qui au premier coup-d'œil ſe jetteroient dans les bras de leur Souverain, pour le dédommager des triſtes momens de ſon mariage par des nuits les plus délicieuſes de l'amour ? — Alteſſe Sériniſſime, prenez courage ! S'abandonner au chagrin, s'appelle l'augmenter. Qui peut mieux décider de ſon bonheur qu'un Prince ? — Ordonnez, faites-moi ſeulement un ſigne, j'amenerai des Dames dans votre appartement, dont les charmes étoufferont ſecrettement l'envie même, & dans les bras deſquelles votre vive paſſion ne pourra manquer de ſe ſatisfaire abondamment, à proportion de votre amour & de leur beauté,

LE GRAND-DUC.

Mondragon , je vous remercie de votre zele ; mais je n'ai que faire de votre choix. — Je l'ai déjà fait moi-même ; j'ai trouvé celle de qui je défire aufli ardemment d'être aimé , que le cerf pourfuivi afpire à une retraite paifible.

MONDRAGON. (*Fort furpris.*)

Comment , Alteffe Séréniffime ? — Déjà trouvé ? En vérité , cela m'étonne.

LE GRAND-DUC.

Oui , te dis-je , je l'ai vue celle pour qui je brûle d'un amour tel que je n'en ai jamais reffenti. — Pourquoi es-tu fi fort furpris ? (*D'un air , pour ainfi dire offenfé.*) Faut-il peut-être que je voie , & que je faffe toujours mon choix d'après les yeux d'autrui ? Faut-il que j'agiffe de la même maniere devant les autels du Dieu d'amour, comme j'ai été obligé de faire devan

celui de l'hymen ? — Un Prince n'a-t-il
donc pas un cœur comme vous autres
barbares, qui faites femblant de baifer
fes pieds, & qui vivez de fa dépouille ?
Voulez-vous continuellement le traiter
comme une victime, que vous décorez d'a-
bord de fleurs, que vous immolez enfuite,
& à qui vous finiffez par rendre de nouveau
des honneurs divins, felon l'ufage des
Egyptiens ? — Ha, les animaux mêmes
ont la liberté de choifir & de refufer ;
& nous ?···

M O N D R A G O N.

Votre Alteffe Séréniffime s'échauffe
fans raifon ; elle s'emporte fans que j'aie
voulu lui donner le moindre fujet de
mécontentement. Qui doute que vous
foyez autant le maître abfolu de votre
cœur, que vous l'êtes de la vie de nous
tous ? — Je ne m'étonne donc pas que
vous ayez difpofé de votre cœur, mai
feulement de ce que vous l'avez fait fi
fécrettement, que l'on ne connoît pas

encore la noble Dame en faveur de
laquelle vous en avez difpofé.

LE GRAND-DUC. (*De mau-*
vaife humeur.)

Une dame noble ? une dame noble ?
Pourquoi de rechef une noble ?

MONDRAGON.

J'entends, noble en attraits & en
grandeur d'ame.

LE GRAND-DUC.

En ce cas, vraiment tu as raifon. En
effet, elle eft la perle de Florence. Tout
ce beau, vafte & riche pays me paroit
être enchaffé de plomb, en comparaifon
des attraits de cette beauté. — Quoique
je ne l'aie vue que pendant un inftant ,
jufte ciel quel heureux moment! — de
ma vie je n'ai vu un vifage fi plein de
dignité , autant de charmes, une telle
harmonie dans le moindre trait, ni des

yeux fi étincelans. — A la vérité, je n'ai
encore jamais entendu parler d'elle ; mais
quiconque ne comprend pas fon minrois
charmant, ne comprend rien : ce minois
repréfente le plus charmant tableau de
la vertu féminine ; ce minois...... De
quoi ris-tu ? Penfes-tu qu'il n'exifte point
de vertu chez les belles ? Sais-tu ce que
c'eft que la vertu ?

MONDRAGON.

Je fais au moins ce qu'elle devroit être.
J'ai lu les poëtes & des romans.

LE GRAND-DUC.

Vous ne l'avez trouvée nulle part
ailleurs ? Vous ne l'avez jamais rencontrée
dans le commerce de la vie réelle des
humains ? — Loin de moi corrupteur ; tu
n'as appris à connoître les femmes que
dans les maifons de débauche !

MONDRAGON.

Alteffe féréniffime......

LE GRAND-DUC.

Ou tout au plus, ce qui eſt encore pire que les maiſons publiques, dans les chambres à coucher de ces dames vénales, telles qu'il s'en trouve malheureuſement une quantité à ma cour, qui appellent chaque page élégant, chaque voyageur étranger, chaque officier en uniforme neuve, ſouvent mon page; & qui cependant ont coutume, Dieu le ſait, de calomnier avec amertume la plus petite erreur dans laquelle tombent leurs meilleures amies. — Mon ami, apprends que quiconque nie une vertu chez le beau ſexe, compare la main créatrice de l'Etre ſuprême à celle d'un gâte-métier, & qu'il foule aux pieds la plus belle pierre précieuſe dans le rang des choſes.

MONDRAGON (*avec douceur, cependant avec bonne grace.*)

Pardonnez-moi, mon Prince, ſi j'oſe

vous obferver que l'amour féducteur aveugle un peu chez V. A. S. ce regard pénétrant auquel rien ne peut échapper en d'autres circonftances. — Vous me réfutez déja aujourd'hui pour la feconde fois, des paroles & des geftes auxquels je ne penfois pas feulement, — du moins dans le fens admis. Si j'ai fouri, ce que je ne puis ni affirmer ni nier, fi j'ai fouri il y a un inftant, cela n'eft arrivé que parce que V. A. S. parloit avec une telle chaleur, avec une connoiffance fi pleine de certitudes des mérites d'une dame que vous n'avez, felon vos propres paroles, vue que pendant un inftant. — Oferois-je prendre la liberté de vous demander qui peut être cette dame, qui peut s'écrier un jour à plus jufte titre que Céfar : Je fuis venue; j'ai vu; j'ai vaincu?

LE GRAND-DUC (*en pouffant un foupir.*)

Hélas! tu peux bien demander, mon

cher Mondragon; car tu n'ignores pas
combien je t'eftime : tu pardonneras auffi
à celui qui eft épris d'un amour violent , fi dans l'ivreffe de fa paffion , il
t'a offenfé , fans le vouloir.... Mais
plût à Dieu que je puffe répondre d'une
maniere fatisfaifante à ta queftion ! —
Tout ce que je fais de celle qui domine
préfentement dans mon cœur , ne fignifie
pas beaucoup plus , finon qu'elle exifte
réellement , & que je connois la maifon
où elle demeure.

MONDRAGON.

Où elle demeure? c'en eft affez pourvu
que nous fachions cela ! D'après la découverte de ce peloton, vraifemblablement nous ne tarderons pas à fortir de
ce labyrinthe. — Où eft-ce que V. A. S.
l'a vue pour la premiere fois?

LE GRAND-DUC.

Dernierement en allant à la chaffe,—

tout près du palais *Bonatefta*, pas loin
de l'églife de l'*Annonciation*, dans une
petite maifon qui n'a qu'un étage, à
peine quatre croifées & peinte en jaune
pâle. C'eft là, c'eft là qu'elle demeure,
vraifemblablement dans une grande
mifere, fans cependant être défigurée ;
malgré cela elle efface la fplendeur de
tout ce qui l'entoure. La gracieufe
modeftie avec laquelle elle baiffa fa vue,
fa······Non cependant ; je rentre dans
la louange & l'extafe, & c'eft ce que je
veux éviter.

MONDRAGON.

Alteffe féréniffime, il me femble qu'il
y a déja long-temps que vous avez fait
la derniere partie de chaffe.

LE GRAND-DUC.

Environ cinq jours.

MONDRAGON.

Puiffance divine ! Cela s'appelle favoir

fe vaincre foi-même. Heureux, mille fois heureux le pays gouverné par un Prince que même la paffion la plus vive eft incapable d'entiérement fubjuguer ! — Déja amoureux depuis cinq jours, & être encore feul le confident de fa trif-teffe ! — Brûler pendant cinq jours d'une flamme, que le moindre contre-temps anéantit ordinairement, & malgré cela, n'avoir pas encore fait ufage de ce pou-voir que le deftin a placé dans vos mains ! V. A. S. en vérité, c'eft une grandeur d'ame plus méritoire que dix victoires remportées fur le champ de bataille.— He bien, je pars pour ordonner tout ce que l'efprit & tout ce que la rufe & le zele peut procurer de favorable. Si je ne rapporte pas fous peu de bonnes nouvelles à V. A. S. je me reconnoîtrai indigne de mon pofte éminent, indigne de votre confiance & même indigne de vivre. (*Il part.*)

Parmi les deux fexes, c'eft fans contredit le féminin qui poſſede le plus d'habilité en fait d'intrigues amoureuſes. C'eſt pour cette raiſon que malgré le grand cas que Mondragon faiſoit d'ailleurs de ſa capacité, il étoit cependant tellement convaincu de cette vérité, qu'il ne connoiſſoit aucun moyen plus aſſuré pour perſuader Bianca, que celui d'avoir reccurs à ſon épouſe, & de ſoigneuſement recommander la conduite de cette affaire à ſa perſpicacité.

Pour parler franchement, cette dame recula fortement, lorſqu'elle apprit dans quelle pitoyable chaumiere demeuroit l'inconnue; elle s'écria même d'un ton douloureux & plein de mépris : « Dieu me pardonne, même une vertueuſe bourgeoiſe ! » & ſon regard de côté annonçoit aſſez clairement qu'elle penſoit à elle-même. Si c'étoit au moins une de nous autres ! Cependant elle n'oſa s'oppoſer aux raiſonnemens de ſon mari.

« Moi-même (dit-il) j'ai eu d'abord

» beaucoup de peine de réprimer l'idée
» que tu viens de faire connoître ; mais
» un seul regard jeté sur la saine raison ,
» fit que j'en fus honteux. — De plus ,
» peut - être que cette fortunée que
» Florence entiere regardera vraisembla-
» blement avec des yeux pleins de
» jalousie , qui éclipsera bientôt la Prin-
» cesse à la faveur des perles & des
» bijoux, est peu de chose & reste même
» inconnue à son plus proche voisin ;
» mais n'importe. Plut à Dieu qu'elle
» fût encore d'une plus basse extraction
« & d'une moindre conséquence ; elle
» auroit plus de reconnoissance envers
» celui qui favorisera son élévation.—
» Sans parens puissans, sans protection
» de freres ou d'oncles d'une certaine
» considération, uniquement parvenue
» à la faveur de l'attrait de sa jeunesse,
» & seulement douée d'un esprit mé-
» diocre, en faisant le premier pas dans
» le grand monde , elle doit d'abord se

» procurer un appui étranger ; & en ce
» cas, à qui pourra-t'elle avoir recours
» qu'à nous ? —Il eſt certain que nous
» partagerons avec elle ce que l'amou-
» reux François lui prodiguera , &
» cela ne conſiſtera en guères moins
» que tout ce qu'il poſſede. Expérimen-
» tés dans les ruſes de la cour, nous
» régnerons avec d'autant plus de ſûreté,
» que nous régnerons deſpotiquement,
» & nous commanderons à Florence
» comme le fils de Périclès gouvernoit
» jadis la Grèce ; avec cette différence
» que nous ſaurons mieux profiter de
» notre avantage que ce jeune homme. »

Je fais mille excuſes à mes Lecteurs
qui pourroient trouver cette ſuite de
réflexions de Mondragon trop ennuyeuſe ;
ſon épouſe ne la trouva pas telle, parce
que cette affaire la regardoit elle-même
de trop près. La penſée de gouverner,
que nous autres hommes eſtimons tant,
& qui eſt d'une valeur ſi inappréciable

chez les dames, étoit alors plus que
suffisante pour faire oublier à cette femme
hautaine sa noble extraction. Elle députa
des émissaires pour s'informer de la situation de Bianca : elle en apprit aisément
tout ce qui lui étoit nécessaire pour
former son plan ; & bientôt elle ne
desira plus que d'avoir l'occasion de parler
à la mere de Bonaventuri.

Cette occasion se présenta bientôt. Elle
fut informée que la vieille Bonaventuri
avoit coutume de visiter tous le jours
une certaine église; le lendemain elle
s'y fit conduire : elle y trouva cette
bonne vielle, & se plaça à côté de
cette bonne dévote. Lorsqu'elles eurent
toutes deux achevé leur dévotion, (la
bourgeoise, la sienne sincere & volon-
taire, & la dame de cour, la sienne
simulée & intéressée) & qu'elles vou-
lurent s'en retourner, la derniere offrit
une place dans son carrosse à sa voisine,
qu'elle avoit déja saluée très-amicalement
auparavant

auparavant, fous prétexte de la mettre
à l'abri d'une pluie qui tomboit abondamment. L'on penfe bien combien la
bonne vieille fut furprife d'une fi gracieufe propofition; cependant elle la refufa
poliment ; mais Mde. Mondragon l'affura
avec tant de vérité qu'elle l'eftimoit déjà
depuis long-temps, tant pour la connoître
de vue qu'à raifon de fa grande piété,
& réitéra fon offre avec un ton fi perfuafif, que l'honnête-belle-mere de Bianca
fut enfin contrainte de l'accepter, quoique feulement après mille excufes &
inquiétudes fondées fur la crainte de
l'incommoder, & que l'on ne blamât fa
témérité.

Grands de la terre qui, par des raifons
faciles à concevoir, fupportez fi impa-
tiemment les fatyres, il n'en eft point à
mon avis de plus fanglante, que cette
joie que les gens du commun reffentent
lorfque vous daignez quelquefois traiter
les prétendus gens du commun avec

condefcendance , même feulement avec
humanité · · · · · Infenfés qui tirez même
alors vanité de la louange obtenue! L'on
ne s'étonne que des événemens extraordinaires , & vous vous réjouiffez des
acclamations de joie que l'on montre ,
parce que vous vous êtes montrés une fois
humains pendant votre vie ? Il ne vous
en coûte fouvent qu'une parole , qu'un
regard , pour vous faire aimer , même
pour vous faire adorer ; & vous ofez
encore vous plaindre fans rougir , de
la haine qui fouvent a coutume de vous
perfécuter ?

La mere de Bonaventuri éprouva auffi
alors que cette digreffion, (dont une grande
partie de mes lecteurs ne me faura vraifemblablement pas gré,) étoit néanmoins très-
fondée. Que n'auroit pas fait cette pauvre
femme pour témoigner toute l'étendue de
fa reconnoiffance ! Avoir été affife à côté
d'une Dame de la Cour , dans un
carroffe fi bien doré ! Avoir été honorée

d'un entretien fi amical! Hélas! c'étoit
pour elle beaucoup plus de félicité qu'elle
ne devoit maintefois en efpérer dans certains momens de cette vie calamiteufe.

Madame Mondragon fut bientôt
faire tomber le difcours fur l'article qu'elle
defiroit. Elle demanda qui étoit l'aimable
jeune homme qui l'accompagnoit quelque fois en allant & en s'en retournant.
de l'églife ? Elle fit jafer la vieille pour
combler de louanges fon cher fils unique,
& elle l'écouta long - temps avec une
attention qui annonçoit qu'elle prenoit
part à la moindre minutie.

« Hélas! commença - t'elle enfin à
« infinuer, je fuis toujours enchantée,
» lorfque je remarque que l'ame d'un
» humain eft remplie par la nature créa-
» trice de ce qu'elle a promis d'accom-
» plir dans fa phyfionomie! Celle de ce
» jeune homme me plaifoit déja depuis
» long - temps ; j'ai d'autant plus de
» fatisfaction pour ce que j'entens, qu'il

C 2

» rend une fi brave femme heureufe !...
» Avec fes talens & fa figure, votre
« fils ne peut manquer d'obtenir quelque
» bon emploi ; & il doit du moins faire
» une très-vive impreffion fur notre
» fexe. »

LA MERE (*en fouriant.*)

Hi ! hi! hi ! Je vous demande pardon,
votre Excellence.—Quand même la chofe
feroit ainfi, à quoi cela ferviroit-il ?

Mme. MONDRAGON.

Pourquoi pas ? Mille jeunes hommes
ont déja fait leur fortune par des mariages
avantageux : pourquoi votre fils n'efpé-
reroit pas un pareil fort ?

LA MERE (*en hauffant les épaules
d'une maniere non équivoque.*

Sans doute, fans doute. Jufte ciel !
autrefois je penfois auffi quelquefois
comme vous. Si feulement les loix de

l'églife & celle de Florence ne défendoient d'avoir pas deux femmes en même-temps.

Mme MONDRAGON.

Ha! Oui? Il eft déja marié?

LA MERE.

Malheureufement.

Mme. MONDRAGON.

Pourquoi malheureufement? J'efpere qu'un fi brave jeune homme aura auffi fait un choix prudent. Qui a-t'il époufé?

LA MERE.

Une Vénitienne. Si la beauté, une naiffance diftinguée & un cœur d'ange faifoient toute la félicité du mariage, votre Excellence, en ce cas mon fils feroit le plus heureux des hommes; mais malheufement ces trois articles étoient auffi la dot entiere de ma bru.

Mme. MONDRAGON.

Avec votre permiſſion, bonne mere, il me ſemble qu'une pareille dot eſt auſſi deſirable qu'elle eſt rare.

LA MERE.

Sans contredit! Votre Excellence a raiſon. Mais hélas! la beauté & la vertu abſolument nues, ne forment qu'un léger habit d'été, qu'on eſt obligé de porter pendant la rigueur de l'hiver : quand même il ſeroit encore plus beau, encore plus brillant, il eſt incommode parce que l'on gêle de froid deſſous.

Mme. MONDRAGON.

Mais comment s'arrange - t'elle dans ſa poſition actuelle ? — Ordinairement une main blanche & délicate évite volontiers le travail.

LA MERE

Non, votre Excellence, cela pas ;
je vous jure qu'elle ne le fait pas ; &
& c'eft juftement là la raifon pour laquelle
je pleure fouvent amérement. Une plus
grande foumiffion, une plus prompte
célérité pour faire tout ce que je lui dis,
ou témoigner feulement defirer qu'elle
faffe, eft abfolument impoffible. Elle
n'a encore jamais manqué de bonne
volonté pour aucun ouvrage, & auffi
très-rarement de forces. Elle fe couche
feulement à minuit, & elle fe lève avec
le foleil; elle me rend moi-même fouvent oifive contre mon gré; & je vous
affure que le cœur me faigne, lorfque
je vois que malgré tout cela elle ne fe
permet jamais le moindre foupir.....
Vous le favez, grand Dieu! je pafferois
volontiers ma vie dans les foucis & la
mifere, fi feulement je pouvais mourir
dans l'aifance & la tranquillité, &

C 4

laisser mes enfans dans un certain bien-
être.

Mme. MONDRAGON.

Votre souhait s'accomplira infailliblement.

LA MERE (*branlant la tête.*)

Hélas ! il est impossible ! Notre grande
pauvreté · · · ·

Mme. MONDRAGON (*en la prenant par la main.*)

Finira peut-être bientôt, brave mere !
Votre courage & votre narration sans
artifice , m'ont vivement touchée.——
Autant j'avois envie autrefois de vous
connoître personnellement , autant je
desire présentement de voir & de parler
à votre charmante fille. — Nous sommes
riches ; mon époux possede la faveur
& la confiance d'un Prince, dont l'indigence ne quitta jamais le trône qu'avec

des larmes de joie & les mains pleines.
Si, comme je n'en doute nullement, je
trouve l'époufe de votre fils telle que
vous me l'avez dépeinte; fi jje trouve ce
fils digne de fa mere, je ferai alors pour
votre famille tout ce que je pourrai faire
effectuer chez le Prince par mon mari.
En ce cas, l'on emploira peut-être votre
fils dans des affaires qui feront plus con-
venables à fes defirs & à fes talens, ou
je ferai en forte que votre bru foit
employée à la cour de la Grande-Du-
cheffe, & en un mot, que votre indigence actuelle foit fous peu de temps
changée en abondance & en eftime.

LA MERE (*qui veut lui baifer la*
main.)

O! quelle bonté de cœur····

Mᵐᵉ. MONDRAGON.

Non pas. Je fens trop vivement le
devoir de mon état pour ne pas vouloir

C 5

jouir de la feule prérogative, celle de prendre foin du bien être de mes pauvres & honnêtes citoyens. Une larme répandue par efprit de reconnoiffance, me flatte davantage que d'affifter à un fuperbe bal, où l'on fixe mes bijoux avec des yeux d'envie. Envoyez demain votre bru chez moi, & laiffez moi, & la divine providence, le foin du refte.

LA MERE.

Votre Excellence voudra bien me pardonner fi je prends la liberté de lui expofer franchement encore un doute.— Autant votre bonté infinie furpaffe notre mérite ainfi que mon efpérance, autant je crains cependant d'avoir beaucoup de peine à engager ma bru à faire cette démarche, du moins pour demain. Depuis fon arrivée dans notre maifon, elle n'en eft pas encore fortie, &····hélas! elle n'a malheureufement que trop de raifons pour cela : elle n'a d'autre habillement que celui qu'elle a préfentement fur fon corps ; & je vous avoue franchement que cet habit, d'une mauvaife étoffe , eft le mien des Dimanches. Delà vous pouvez aifément conclure vous - même de nos autres facultés. — D'ailleurs elle idolâtre tellement fon mari que , fans fon confentement , il fera difficile de la....

Mᵐᵉ. MONDRAGON. (*Souriant.*)

Ha ! ha ! Il eft facile de remédier à ces difficultés. — Comment un homme raifonnable pourroit-il s'oppofer à fon propre bonheur ? Quant à ce qui regarde les habillemens , j'en ai une provifion de toutes efpeces , ainfi je pourvoirai à fon befoin. — De quelle taille eft votre fille ?

LA MERE.

Sa taille ne différe pas de beaucoup de celle de votre Excellence.

C 6

Mad. MONDRAGON.

Parfaitement! c'eſt ce que je pouvois
deſirer — Demain matin, un de mes
laquais lui ira annoncer l'heure à laquelle
je pourrai la recevoir l'après-dîner; & il
lui portera en même-temps un habit
qu'elle n'aura pas honte de porter.—Ma
propre voiture ira enſuite la chercher;
& ſi vous l'aſſurez d'avance qu'elle peut
compter ſur mon amitié & ma bienveillance; ſi vous lui repréſentez l'avantage qui peut en réſulter pour toute
votre maiſon, certainement aucune honte
enfantine ni autre caprice quelconque
ne la détournera de me faire ſa viſite.

Le carroſſe de madame Mondragon
arrêta tout-à-coup devant le logis de
Bonaventuri. La bonne mere prit congé
de cette Dame en lui faiſant mille remer-
ciemens; & à peine s'étoit-elle gliſſée
dans ſa petite & ſombre chambre, que

toute fa famille (que l'afpect du carroffe fuperbement doré , qui venoit d'arrêter devant leur maifon , n'avoit fans cela pas peu furpris) s'affembla autour d'elle & lui fit en quelques fecondes plus de queftions que la pauvre vieille ne pouvoit en éclaircir , parce qu'elle étoit retenue par des craintes interieures , & auffi par le peu de laconifme qu'elle mettoit dans fes réponfes.

Enfin elle reprit haleine & recouvra la parole. La joie avec laquelle les compagnons de Colomb publierent leurs découvertes dans la moitié de l'Europe , à leur retour du Nouveau-Monde , n'étoit affurément pas plus grande que celle avec laquelle cette bonne femme crédule raconta l'aventure de cette mémorable matinée. Elle n'omit pas la moindre parole, pas le plus petit gefte de fon Excellence madame Mondragon , & elle termina fon difcours par exhorter férieufement fa bru à ne pas négliger de profiter d'une rencontre auffi favorable

Cette exhortation ainfi que les craintes de cette bonne mere, n'étoient pas dé-placées; car Bianca, non moins furprife que les autres auditeurs de ce qu'elle venoit d'entendre, fut cependant long-temps irréfolue fur ce qu'elle devoit faire. Les perquifitions de fon pere ainfi que leurs dangereufes fuites, ne lui étoient pas inconnues, c'eft pour cela qu'elle defiroit depuis long-temps obtenir une fauve-garde du Grand-Duc, fans qu'elle euffe jufqu'alors ofé efpérer l'occafion de la folliciter. Cet heureux moment fe préfentoit alors de lui-même, & la route pour arriver jufqu'au trône du Souverain lui paroiffoit ouverte. — Mais la réflexion furvenoit : « Si tout ceci étoit un piége? » Si Mondragon étoit un ami de ton » pere, & fi cette vifite étoit un motif » pour t'arrêter? » Mille craintes lui venoient fubitement à l'idée. L'ame humaine naturellement plus inclinée à

préfumer un grand malheur qu'un grand
bonheur, trouve ordinairement de la
vraifemblance dans les follicitudes ; c'eft
par cette raifon que la chancelante
Bianca fit part de fon efpérance & de
fes appréhenfions à fon époux, à la déci-
fion duquel elle remit le tout. Comme
fa paffion dominante étoit la vanité ,
(bien entendu après l'amour) l'efpoir
l'emporta fur le foupçon. Il perfuada fon
époufe à force d'exhortations & de confeils : celle-ci lui obéit volontiers. — La
Dame efpagnole tint auffi ponctuellement parole , relativement aux deux
articles. Son laquais apporta un habillement honnête à Bianca, & fon carroffe
vînt chercher la mere & la bru à l'heure
prefcrite.

Il feroit inutile de décrire ici la
converfation depuis le commencement
jufqu'à la fin. Dans le cours d'un entretien d'une demi-heure , l'on lâche ordinairement beaucoup de paroles qui nous

amufent infiniment pendant qu'on les pro-
nonce & qu'on les écoute , & qui font
cependant ennuyeufes lorfqu'on les lit
couchées fur le papier. — Il fuffit de dire
que l'Efpagnole convint fecretement que
Bianca étoit une des plus belles créatures
de fon fexe ; qu'elle trouva fa converfation auffi féduifante que fa figure ;
qu'elle avoit de la peine à concevoir
d'où elle, fille d'un fimple négociant,
pouvoit avoir acquis ce ton , ce bon
goût, & qu'elle lui promit enfin, avec
plus de fincérité que l'on n'en trouve
pour d'ordinaire dans les promeffes des
courtifans, de lui rendre dans la fuite
tous les fervices que fon amitié lui dic-
toit en fa faveur.

Cette promeffe lui acquit toute la
confiance de Bianca, qui étoit de bonne
foi.

« Quand ma langue ; dit-elle, feroit
» douée d'une éloquence dix fois plus
» énergique qu'elle n'eft, je ne pour-

» rois néanmoins exprimer les femtimens
» qui pénètrent mon ame, à raiifon des
» offres gracieufes de votre Exceellence.
» Jufqu'ici je ne connois qu'un ffeul cas
» où je fouhaite d'en faire ufage & d'im-
» plorer vos bontés. »

LA MERE (à part.)

Dieu me faffe miféricorde ! quelle
modération ! Je connois au moins douze
circonftances de cette nature.

Mme. MONDRAGON.

Seulement un feul cas? Pourquoi ne
l'articulez - vous pas fur le champ, ma
chère amie? Je fuis plus empreffée de
vous accorder votre demande que vous
ne l'êtes à l'expofer.

BIANCA.

Heureufe par l'amour de mon époux,
heureufe dans mon état obfcur où, jufqu'ici, le néceffaire ne m'a encore jamais

manqué, je n'ai qu'une feule inquiétude, & je defirerois de pouvoir l'expofer à mon Souverain par la voie d'une fupplique que je lui remettrois en mains propres·····Une parole, un trait de plume de fa part me rendra la plus heureufe de mon fexe.

Mᵐᵉ. MONDRAGON.

Réellement?—Cependant votre mere fe plaignit dernierement de l'indigence qui régnoit dans votre ménage, ainfi que des viles occupations auxquelles vous étiez fouvent obligée de vous livrer.

BIANCA.

Ma mere s'en eft plainte?

LA MERE,

Oui fans doute, ma fille. Que fert-il de feindre?···· la diffimulation···

BIANCA (*l'interrompant.*)

Je ne diffimule point. La richeffe du

contentement, n'eft fouvent qu'une opulence imaginaire, & c'eft fouvent la plus
eftimable des richeffes. Mon fort actuel..... (*La porte de l'appartement
s'ouvre.*)

Mme. MONDRAGON.

Ha! mon cher époux! Je fuis bien
aife; en vérité je fuis enchantée!

MONDRAGON (*en entrant.*)

Pardon, fi je viens vous interrompre.

Mme. MONDRAGON.

Non, mon ami! vous ne pouviez
venir plus à propos, car j'avois juftement
befoin de vous.... Vous voyez ici (*en
lui préfentant Bianca*) une des plus
aimables perfonnes de mon fexe, ainfi
que fa digne mere, depuis peu l'une
& l'autre mes amies, & qui me font
très-cheres.

MONDRAGON (*fouriant.*)

Quand bien la nouveauté ne feroit pas une recommandation fi avantageufe pour gagner la bienveillance des dames, j'aurois néanmoins préfumé & approuvé la préférence que vous accordez à ces dames, dès le moment que je les ai vues. (*A Bianca en la faluant poliment.*) J'ai eu ci-devant affez de vanité pour me perfuader que je connoiffcis toutes les beautés de Florence ; je vois à ma confufion que je me fuis groffierement trompé. — Oferois-je vous prier de m'apprendre votre nom, charmante Dame ?

BIANCA (*les yeux baiffés & en changeant de couleur.*)

Martella Bonaventuri.

MONDRAGON.

Je difputois hier avec un anglois

pour favoir fi fon pays ou le nôtre produit
les plus grandes beautés en femmes?—
Combien j'ai de regret qu'il foit parti
ce matin ! Un regard de votre part,
votre figure auroit décidé notre querelle, & j'aurois été le vainqueur.

B I A N C A.

Votre Excellence, ma confufion···
la connoiffance de moi-même···Par-
donnez-moi, fi malgré ma baffe condition j'ofe vous fupplier de me faire grace
de votre flateufe raillerie.

Mme. MONDRAGON.

Raillerie ? Non certainement, ma
chère étrangere ; mon époux ne vous
flatte aucunement, il dit vrai. Malgré
ma fincère amitié pour vous, il y a dix
ans que je me ferois bien donné de
garde de recevoir la vifite de mon mari
en votre préfence.

MONDRAGON.

Je fuis trop ami de la vérité pour ne pas convenir que votre précaution n'auroit pas été déplacée..... Etrangere, avez-vous dit, madame? — (*A Bianca.*) Etes-vous donc étrangere, ma charmante dame?

BIANCA.

Je fuis native de Venife ; mais depuis mon mariage, je fuis la très-humble & très-foumife fujette de S. A. S. le Grand-Duc de Florence.

Mme MONDRAGON.

Vous avez raifon de m'en faire fou-venir. (*A fon époux.*) Cher ami, notre amie defire d'avoir la permiffion de préfenter une fupplique au Grand-Duc ; pour cet effet, je lui ai promis de l'aider de toutes mes forces, & je

ne doute pas qu'elle ne puiffe également-
ment compter fur votre protection.

MONDRAGON.

Très-volontiers ! Il n'y a point d'exemple
que les Graces aient jamais effuyé un
refus. Je m'offre de vous feconder de
tout mon crédit , & cela, non - feulement parce que vous le méritez à tout
égard, mais parce que je fuis auffi perfuadé d'avance (*d'un ton fignificatif*)
que votre expofé ne déplaira point à
S. A. féréniffime.

BIANCA.

Je vois bien préfentement que jamais
Prince ne reffemblera peut-être jamais
tant que le nôtre à la Divinité même,
qui emploie les anges pour accomplir
fa volonté. — Mais cette bonté, non-
méritée, me trouble tellement.....

MONDRAGON.

Vous avez tort. — A la place de toutes

ces actions de graces, dites-moi naïve-
ment, ma chere dame, pour quel sujet
dois-je supplier S. A. S. en votre
faveur ?

BIANCA.

Pour quel sujet? — Pourquoi? — En
vérité cette question toute équitable....
(*Prenant courage.*) Pardonnez-moi ,
monseigneur, si j'ose, quoique profon-
dement pénétrée de reconnoiffance pour
votre bienveillance, vous avouer fans
déguisement que ma peine ne peut uniquement être déclarée qu'à S. A. S.
même, fans témoins & de ma propre
bouche.—Quoique votre grandeur d'ame
me soit garant de la pureté de vos pro-
messes, ce que je desire est l'unique secret
que je suis forcée de cacher, même aux
hommes qui font le plus d'honneur à
l'humanité, excepté à mon Souverain ;
ainsi toute la grace que j'ai à demander

à

à S. A. S. eft qu'elle daigne m'accorder une audience.

MONDRAGON.

Elle vous fera accordée. Une pareille méfiance de la part de toute autre perfonne me choqueroit & m'affligeroit, fur-tout en toute autre bouche ; elle ne diminuera cependant en aucune maniere mon zele & mon empreffement à vous obliger. Après demain au plus tard, à cette heure, vous aurez déjà eu votre audience ; je vous le garantis fur ma tête & fur ma vie.— (*Avecune mine riante & myftérieufe,*) & peut-être qu'à l'avenir le rôle de prier & d'exauer changera entre nous.

BIANCA. (*Perplexe.*)

Monfeigneur, cette phrafe obfcure...;

MONDRAGON.

Sera bientôt éclaircie, belle Bona-

Tome II.   D

venturi. (*Regardant à sa montre.*) Mes
occupations m'appellent à préfent. Elles
ne m'ont peut-être jamais été plus à
charge , mais il faut obéir. Portez-vous
bien , charmante Dame ! (*Il part en
lui faifant honnétement la révérence.*)

BIANCA. (*Qui s'affeoit pour un moment* , *& qui se couvre le visage avec
sa main.*)

Peu s'en faut que je ne regarde tout
ceci comme un agréable rêve.

LA MERE. (*Lui frappant familiére-
ment sur l'épaule.*)

Non , ma chere fille, cela ne se peut !
Nous sommes éveillées ! Si cela devoit
être une chimere , juste Dieu ! Je per-
drois alors réellement toute ton amitié
pour t'avoir engagée à cette démarche. ⟶
Mais il est tems de prendre congé de
votre Excellence.

Mᵐᵉ. MONDRAGON.

Vous en retourner déjà, bonne mere ;
vous en retourner pour revenir bientôt.
Je n'aime point les complimens, quoique
ma patrie foit d'ailleurs réputée pour
être un pays à cérémonies. — Mais avant
que vous preniez congé, il faut que je
vous faffe encore voir une partie de ce
Palais, de mes jardins, & des différens
morceaux qui fe trouvent dans l'un &
l'autre. Peut-être que quelques-uns feront de votre goût.

BIANCA.

Je n'en doute pas, pourvu.....

Mᵐᵉ. MONDRAGON, (*L'interrom-*
pant avec un empreffement adopté.)

Je comprends ! — Vous craignez que
l'âge de votre bonne mere ne lui occa-
fionne un peu de laffitude. C'eft juftement pour la même raifon que je vou-

D 2

lois la prier de nous attendre ici. On
va auſſi-tôt lui ſervir quelques rafraî-
chiſſemens.

LA MERE.

N'en faites rien , votre Excellence ! —
Dieu ſoit loué ! je ſuis encore · · · ·

Mme. MONDRAGON.

Non , non , point de contrainte ! Sous
un petit quart-d'heure nous reviendrons
vous rejoindre. (*Elle prend Bianca bruſ-
quement , & elle part avec elle.*)

En pareilles occaſions , l'abſence de
la bonne vieille Bonaventuri étoit né-
ceſſaire , malgré ſa grande envie de tout
examiner. — La ruſée Eſpagnole conduiſit Bianca à travers une enfilade d'appartemens , tous plus magnifiques les
uns que les autres. L'on voudra bien
me diſpenſer de rapporter ici , & les
fanfaronnades de madame de Mondra-

gon même , & l'admiration que lui témoigna Bianca , par un pur effet de complaisance. Bref , celle-ci vit , sans contredit , plusieurs choses d'une rare beauté ; elle jugea de toutes avec connoissance , elle savoit les louer & les apprécier avec une grande justesse d'esprit.

Mme. MONDRAGON. (*Après l'avoir long-tems promenée.*)

Votre applaudissement me flatte infiniment ; la maniere avec laquelle vous jugez des choses, décele la connoissance , & la plupart des objets que nous avons vus jusqu'à présent, sont de mon invention personnelle. — J'ai cependant imité la plus grande partie des Poëtes & des Orateurs, j'ai réservé le plus essentiel pour la fin. Toutes les pieces que nous avons parcourues coûtent ensemble à peine autant que ce cabinet seul. (*Elle ouvre la porte d'un superbe cabinet.*)

D 3

Ceci fera l'appartement de la nuit nup-
tiale de mon fils unique, au retour de
fes voyages, lorfqu'il aura époufé la
proche parente de notre gracieux Souverain. Auffi y ai-je dépofé tout ce que
j'ai de cher & de précieux. (*Elle ouvre
une très-belle armoire.*) Examinez ces
bijoux ! Je ne crois pas trop dire lorfque
je me vante que plufieurs princeffes feroient embarraffées d'en montrer d'auffi
beaux.

B I A N C A.

Il eft de même certain que plufieurs
Princeffes feroient moins dignes d'une
pareille poffeffion.

Mme. MONDRAGON.

Flatteufe ! — Mais attendez moi un
moment ; je vais chercher quelques habillemens d'une toute nouvelle mode,
afin que vous puiffiez-voir lequel vous
croirez être le plus avantageux pour ma

taille. — Pour vous défennuyer, amufez-vous en attendant à faire choix d'un fouvenir dans cette armoire. Celui de ces bijoux qui vous plaira le plus, eft deftiné à vous rappeller mon amitié. (*Elle fort avec précipitation.*)

BIANCA. (*Qui la fuivit de vue pen-dant un inftant.*)

Quelle fingularité ! Que dois-je augurer d'une condefcendance fi extraordinaire, de ces offres obligeantes, de ces flatteries, enfin de tant de bontés ? — Une Dame du grand monde, & cette maniere d'agir ? Cela eft inoui ! — Défintéreffemens, humanité & amitié, de toute éternité fi rares chez les courtifans ; feroit-il poffible que vous vous fuffiez fi fort égarés ? Eft-il poffible que je puiffe m'y fier ? (*Une courte paufe.*)

Et cependant, quel avantage pourroit-elle efpérer de nous ? De nous néceffiteux ? De cette extrême indigence ? —

D 4

(*En jettant un coup-d'œil sur les joyaux.*)
Pauvre Excellence, penses-tu peut-être
que l'aspect de semblables choses précieuses me soit tout-à-fait si inconnu ?
Que je doive m'en amuser comme un enfant avec une petie pierre barriolée qu'il
n'a encore jamais vue ? Hélas ! il fut un
tems, où — (*La douleur l'interrompt
pendant une minute.*). La maison de
Capello avoit aussi • • • • • (*Elle est sai-
sie de crainte par un bruit qu'elle entend derriere elle.*) Ha ! qu'est-ce ▬▬▬
(*En se retournant elle apperçoit le
Grand-Duc qui entre dans le cabinet
par une porte dérobée.*) Grand Dieu !
Que vois-je ?

LE GRAND-DUC. (*D'un air très-
gracieux.*)

Une personne qui n'avoit assurément
pas l'intention de vous épouvanter.

BIANCA. (*Embarrassée.*)

C'est lui ! C'est lui-même ! — Hélas !

je m'apperçois préfentement où je fuis. —
(*Se jettant à fes genoux.*) Votre Alteffe Séréniffime····

LE GRAND-DUC. (*Voulant la relever avec douceur.*

Levez-vous , je vous prie ?

BIANCA. (*Reftante à fes pieds.*)

Non ! je n'en ferai rien avant que
vous m'ayez entendue , avant que vous
ayez accordé ma demande. — Me voici
aux pieds d'un Souverain , qui gouverne
plufieurs milliers de fujets , mais qu'encore beaucoup plus de milliers aiment
& honorent. Grand Prince , ne m'en-
viez pas le bonheur , à moi qui fuis
votre fujette , de pouvoir joindre ma
voix à la voix publique , pour chanter
votre gloire. Cette apparition fubite , le
lieu où je me trouve en ce moment ,
les circonftances antérieures à tout ceci ,
l'invitation qui m'a attirée ici , la vue de

D 5

Votre Alteffe Séréniffime. — Grand Prince, je crains d'avouer ce qui m'inquiete d'après tout cela. —

LE GRAND-DUC. (*En fouriant.*)

Quelle eft donc votre inquiétude ?

BIANCA.

Ce que j'ai honte de nommer ; ce qui me rend peut-être déjà coupable pour l'avoir feulement penfé. — (*A plus haute voix.*) Cependant non ! Non je n'ai rien à craindre ! Une malheureufe deftinée m'a privée de mon état, de mes biens , de mes amies , de mes parens , de ma patrie, de tout, en un mot de tout , à la réferve de mon honneur. Vous feul, mon Prince , & l'amour que m'accorde mon époux, non fans que je l'aie en quelque façon mérité , faites toute ma richeffe actuelle ; auffi ne troquerois-je point ce cher époux contre un fceptre , ni contre la pourpre. —

Pere de votre peuple, le plus gracieux
de ceux auxquels l'Etre suprême a accordé un trône, & ce qui eſt plus
rare encore, un cœur digne de ce trône ;
je vous conjure maintenant par ce même
Etre suprême, de prendre sous votre
sauve-garde ce même & unique tréſor
qui m'eſt reſté ! Veiller au bonheur des
sujets, protéger la foible innocence, sont
sans contredit, deux des principaux devoirs d'un Souverain. Qu'y a-t-il de plus
foible qu'une femme ? Qu'y a-t-il de
plus délicat que ſa bonne réputation ?

LE GRAND-DUC. (*En la relevant.*)

Levez-vous, ne craignez rien noble
& charmante Dame, levez-vous, ſi vous
voulez que je réponde à votre priere.——
Je ne ſuis pas venu ici pour le ternir, au
contraire c'eſt pour lui faire hommage,
quelqu'aient été les vues qui m'ont conduit, vos paroles auroient pénétré mon
ame, & détourné ma volonté même du

plus noir projet. — (*Prenant Bianca par
la main ; pleine d'inquiétudes elle regarde vers la porte.*) Tranquillifez-vous,
Madame , tranquillifez-vous ! Effuyez ces
larmes ! Chacune que ces beaux yeux
répandroient, feroit capable de me mettre
au défefpoir. Je vous ai donné ma parole de prince , je me flatte que cette
parole eft irréprochable & facrée.

B I A N C A.

Oui , certes ! facrée comme les paroles d'une puiffance célefte. Mais la
vertu d'une époufe ne doit pas fe bor-
ner à chercher feulement à éviter le
crime , elle doit même auffi en éviter
le foupçon. C'eft pour cela que Votre
Alteffe Séréniffime permettra....

LE GRAND-DUC. (*En lui barrant le
chemin.*)

Non , encore un moment ! la com
paffion fur la malheureufe pofition , non

méritée , dans laquelle fe trouvent vos
affaires & votre fortune , d'après ce que
m'en a rapporté Mondragon , m'a in-
vité à me tranfporter ici. Je voulois
voir & entendre par moi-même ; préfentement j'en ai affez attendu & vu ,
pour m'offrir d'être votre plus zélé protecteur. — (*En fouriant.*) Vous favez
que je peux quelque chofe à Florence.
Il ne dépend que de vous de faire à
l'avenir ufage de ce pouvoir. Vous pouvez d'avance être affurée que ma conduite à votre égard , tant en raifon de
la bienveillance , que de la décence ,
fera en tout tems invariable ; j'y mets
une feule condition , celle de me per-
mettre — de vous aimer.

B I A N C A. (*En fe retirant.*)

De m'aimer ! Mes fens me trompent-
ils , ou Votre Alteffe Séréniffime a-t-elle
oublié à qui elle parle , & ce qu'elle
eft ? — Un Prince , iffu du fang le plus

noble, époux de la fille d'un Roi ! —
Et moi qui fuis peut-être la plus indi-
gente créature de tous fes états ! —
Moi, qui ai même emprunté ces habits
médiocres, qui font encore beaucoup
trop précieux, à raifon de ma pauvreté
& de la baffeffe de mon état.

LE GRAND-DUC.

Qu'importe la condition, dès qu'il
s'agit d'amour ? N'eft-ce pas la feule
paffion, qui, au-deffous de toutes les
querelles d'exraction & de dignité, ne
s'embarraffe uniquement que du prix
de ce qu'il trouve de fon goût, fans
faire attention à l'endroit où il l'a découvert ? L'amour en cela n'eft-il
pas d'accord avec l'Etre fuprême, devant le trône duquel le gentilhomme &
le payfan, le roi & l'efclave, ont un prix
égal ? — Loin d'ici l'orgueil avec tous ces
fophifmes ! A quoi me fert le fuperflu, finon pour le placer là où il fe

trouve des privations non méritées ? Une seule parole satisfaisante die votre bouche , charmante Dame , & je m'étamorphoferai cette grande pauvreté , cette prétendue baffeffe de condition , en fplendeur & en richeffes. Les Comtes baiferont les bords de vos habits ; ce que l'art , ce que la magnificence & l'induftrie peuvent fournir, fera à vos pieds ; l'or & les bijoux.....

B I A N C A (*L'interrompant.*)

Jufte Ciel ! Grand Dieu ! Quel langage faut-il que j'entende ! Il ne manquoit plus que cela pour combler ma coupe d'amertume. — Non , Monfeigneur , je n'ai aucune réponfe à faire à toutes ces offres. Le moindre remerciement feroit déjà un crime , qui violeroit mes devoirs. — Et l'acceptation de pareils fentimens ? Non , Prince , cela eft impoffible ! Malgré toute votre puiffance , vous n'aurez jamais le pouvoir de

me faire renoncer à la vertu. Cette ville
opulente , tous vos états , même l'europe
entiere , ne fauroient faire taire ma
confcience, ne fauroient corrompre cette
vertu. — J'ai un époux , que j'ai choifi
moi-même , auquel j'ai juré une fidélité
éternelle , je tiendrai mon ferment au
péril de ma vie. Son cœur fait toute
ma richeffe ; quoique j'ignore le cas qu'il
fait du mien , je ne le partagerai cependant jamais entre lui & un autre. Vous-
même , mon Prince , — vous-même ,
quoique vous foyez le plus bel homme.....

LE GRAND-DUC.

Vous me flattez , Madame !

BIANCA.

Ma fituation préfente m'interdiroit
les flatteries , & mon cœur encore beaucoup plus ; mais ce que j'ai dit eft la
vérité , & je le répete. Vous-même ,
mon Prince , quoique vous foyez le plus

bel homme que j'ai jamais vu, l'amour
de mon fexe entier ne pourroit vous
manquer, même fans trône : mais que le
Ciel faffe plutôt découler une pluie de
flamme fur ma tête ! Puiffe le fort ingé-
nieux plutôt inventer de nouvelles tor-
tures contre moi, que de me procurer jamais la fortune même la plus brillante
aux dépens de mes fermens.

LE GRAND-DUC.

Malgré cela vous ne fauriez m'empêcher de continuer à vous aimer ! —
Si le véritable amour eft fondé fur la vé-
nération des vertus de l'objet aimé, où
trouverois-je de plus grands motifs pour
cette puiffante inclination, que chez vous?
Dans ce cas qu'auroit été capable d'allumer
plus vivement ma tendreffe, que notre
entretien de ce jour? — La fuite dépo-
fera que je n'ai pas afpiré à votre cœur
aux dépens de votre vertu ; elle prou-
vera avec quelle fincérité j'ai pris part

à votre bonheur & à votre tranquillité. Vous-même un jour me rendrez plus de justice, lorsque votre fausse opinion sera dissipée ! Calmez votre trouble ! Et pardonnez-moi , je vous prie, cette surprise ! Il est inutile que je vous prévienne qu'elle pourroit bien ne pas vous affliger à l'avenir. L'on ne se décide point aisément à occasionner la moindre peine à celle avec qui l'on partageroit volontiers tout ce qu'on possede , & pour qui on exposeroit même sa vie. (*Il sort en faisant la révérence.*)

B I A N C A. (*Seule.*)

Je vous rends mille actions de grace , Vierge sainte , de ce que mes sens m'ont plus servi fidélement que je ne le présumois, en me conservant la présence d'esprit ! De ce que je ne suis pas tombée en défaillance , lorsque j'ai développé l'énigme ! — (*Une courte pause.*) Voilà , c'est donc là le motif de cette amitié

que je ne pouvois concevoir? C'eſt donc
là le myſtere que renfermoient les paroles obſcures de cet infâme courttiſan ,
lorſqu'il parloit du changement des tour
pour demander & accorder ? (*Se jettant*
à genoux les mains croiſées.) Divine
providence , ſeroit-il poſſible que tu
haïſſes comme les humains haïſſent ?
Quand bien cela ſeroit , que t'ai-je fait
moi, pauvre malheureuſe, pour devenir
l'objet de ta haine ? (*Se levant bruſque-*
ment.) Ha, je les ſens à préſent, pauvre pere que j'offenſai ; je les ſens les
ſuites de cette terrible malédiction , que
tu as vraiſemblablement prononcée contre
ton enfant fugitif ! Mais ſi tu ſavois combien involontairement je les reſſens ; ſi
tu ſavois combien ſincérement je ſuis re-
pentante aujourd'hui , tu révoquerois
cette malédiction , qui ne s'eſt que trop
réaliſée. — (*Refléchiſſant pendant quel-*
ques ſecondes.) Une terrible tentation!
(*D'un ton ferme & réſolu.*) Mais non ,

non ! que la fidélité conjugale me foit
facrée ! plus facrée que ne m'a été le
devoir filial ! — L'amour triomphe fi
aifément de tout autre fentiment : ni
l'ambition , ni la vanité , n'auront la
fupériorité fur la vertu. — La fille du
Sénateur Capello a pu époufer un pauvre jeune homme ; mais elle ne fera jamais la concubine d'un Prince ! Qu'il
achete des proftituées pour cette brillante
infamie , leurs veines ne renferment pas
un fi noble fang que celui qui bat dans
les miennes ! — (*Elle entend du bruit.*)
Ha! Qui vient.... S'il rêve.... Non ,
c'eft elle ! C'eft elle même , cette femme
vile , trop âgée pour pécher elle-même !
mais affez jeune pour favorifer les péchés
d'autrui.

(*Madame Mondragon entre.*)

Mme. MONDRAGON.

Pardonnez, ma chere, fi j'ai tant.....

Mais qu'avez-vous ? Vous êtes fi pâle,
fi confternée. — Seriez-vous malade ?

BIANCA. (*D'un ton froid & ironique.*)

Non pas ! je fuis feulement un peu
confufe. Vraiment je fuis encore fi novice
pour m'entretenir avec des têtes couron-
nées, que....

Mme. MONDRAGON. (*L'interrom-*
pant avec un air d'étonnement.)

Comment ? Que dites-vous? Son Alteffe Séréniffime eft-elle venue dans cet
appartement ?

BIANCA. (*D'un air de mécontentement*
encore plus vifible.)

Il eft certaines queftions , Madame ,
dont on fait la réponfe avant qu'on
les faffe.

Mme. MONDRAGON. (*D'un ton affez*
tranquille.)

Au moins , fi le Prince eft venu ici,

cela ne doit pas vous paroître étrange.
Dans la conversation avec mon époux,
plus ami que Souverain, connoissant le
plus petit recoin de notre hôtel, François a la coutume de nous venir rendre
visite chez nous, sans le moindre cortége ;
il m'a déjà souvent surpris à l'improviste
dans ce même cabinet, dans des momens que je m'y trouvois avec mes
amies. — C'est une habitude, dont j'aurois, sans doute, dû vous prévenir.

BIANCA. (*Du même air qu'auparavant.*)

Sans contredit ! car on auroit de la
peine à deviner une habitude de cette
nature ; quant à moi, elle m'a paru fort
extraordinaire, pour ne pas dire incroyable.

Mme MONDRAGON.

Au reste, qu'importe une surprise de
sa part, & un peu de timidité de la vôtre

à l'aspect d'un prince, qui est accoutumé d'agir en philantrope avec tous ceux qu'il rencontre ! — Avez-vous profité de ce moment pour lui exposer votre peine?

B I A N C A.

Non certainement !

Mme. M O N D R A G O N.

C'est dommage ! l'occasion étoit si favorable. Au reste, il ne dépend que de vous de fixer le jour auquel vous voudrez le voir & lui parler. — (*Une courte pause, pendant laquelle elle veut cacher son embarras.*) Est-il arrivé aussi-tôt que vous avez été seule ?

B I A N C A.

Au même instant, comme si cela avoit été concerté ; à peine trois minutes après votre départ.

Mme. M O N D R A G O N.

Et pendant le laps de ces trois minutes

aviez-vous eu foin de vous choifir un de ces bijoux ? (*En fe mettant en devoir de les replacer dans l'armoire.*)

BIANCA. (*En s'excufant avec un regard de mépris.*)

Qu'aurois-je pu me choifir ici ? Qu'aurois-je pu feulement défirer ? Dans ce moment je ne vois rien dans tout cet appartement qui ne me paroiffe faux & trompeur. — Je vous fais mes adieux, Madame ; il eft tems de rejoindre ma mere.

Mᵐᵉ. MONDRAGON.

Votre mere ? — Ha, je voulois juftement vous dire qu'elle n'avoit pas voulu refter plus long-tems, & que je lui ai déjà donné mon carroffe.

BIANCA.

Charmante précaution ! Avez-vous coutume d'agir fouvent de la forte en pareilles occafions ? Penfiez-vous que je

ferois

ferois encore plus long-tems compagnie
au Grand-Duc dans ce joli cabinet? —
Portez-vous bien ; vraifembiablement je
trouverai le chemin pour m'en retourner
à pied.

Mme. MONDRAGON.

Ayez donc du moins un moment de
patience. Dans deux minutes mon autre
voiture fera attelée.

BIANCA.

Le Grand-Duc pourroit en avoir befoin pour s'en retourner. Souffrez que
je parte. Je fuis venue ici avec une eftime illimitée ; il feroit fuperflu de vous
décrire celle que j'emporte. (*Elle part.*)

Mme. MONDRAGON.

Ha , ha , ha , voilà la femme bourgeoife au naturel ! encore auffi chafte
& vertueufe que lorfqu'elle alla pour
la premiere fois dans une guérite de con-

Tome II.   E

feffeur! Mais patience, cette vertu s'a-
malgamera bientôt, comme l'or dans les
monnoies, qui admet alors quelque al-
liage. — Et malgré cela je crains que
toute la nécromancie de la cour & du
grand monde ne puisse faire que très-
peu de chofe, ou rien du tout, de cette
belle ftatue.

Bianca trouva, à fon arrivée, fa mere
qui s'épuifoit de nouveau à faire le récit le plus intéreffant de tout ce qu'elle
avoit vu, entendu & mangé. A la vérité, Bonaventuri demanda avec une
certaine inquiétude pourquoi fon époufe
n'étoit pas revenue avec elle? Mais l'affu-
rance, qu'elle alloit venir fans retard;
qu'elle vouloit feulement encore examiner, avec madame Mondragon, toutes
les merveilleufes beautés de ce fuperbe
Palais; & que cette Dame avoit promife
de l'accompagner elle-même jufqu'ici
dans fon caroffe, le tranquillifa : & pen-

dant qu'ils étoient encore sur ce chapitre ;
Bianca entra elle-même dans la chambre.

BONAVENTURI.

Hé bien , ma chere amie ?

LE PERE. (*Allant à sa rencontre.*)

Hé bien , ma chere fille ?

LA MERE. (*Au moment qu'elle entre.*)

Hé bien , ma fille ?

BONAVENTURI. (*En l'embraffant tendrement.*)

Comment les chofes fe font - elles
paffées ?
LA MERE.

As-tu vu encore beaucoup de nouvelles
curiofités depuis que nous nous fommes
quittées.

BIANCA. (*En foupirant.*)

Plus que je n'aurois imaginé !

E 2

LA MERE.

Réellement ? Ho , ho !

BIANCA. (*En embraſſant ſon époux.*)

O, mon cher ami! ô , mon tout! Fuyons le plutôt poſſible. — Hélas ! une ſéparation éternelle dûtelle nous éloigner à jamais de nos chers parens. — Fuyons de ce pays , un plus long ſéjour ici pourroit devenir funeſte à tous les deux,

BONAVENTURI. (*Epouvanté.*)

Quoi ? comment ? Bianca ! te comprendrai-je bien ? Qu'eſt-il arrivé ?

BIANCA.

Je l'ai vu , je lui ai parlé.

LA MERE.

De grace , à qui donc ? à qui donc?

BIANCA.

Au Grand-Duc !

Tous.

Au Grand-Duc ?

BONAVENTURI.

Ha ! & il t'a refufé un fauf-conduit ?
— (*Bianca lui faute au col en fanglotant.*)
N'eft-il pas vrai ? Tu ne réponds pas ?
— Tu l'affirmes par ton filence.

LA MERE. (*En joignant les mains.*)

Dieu tout-puiffant ! qui fe feroit attendu à une traverfe de cette nature ,
d'après une auffi belle efpérance ?

BONAVENTURI. (*En l'encourageant*
& en lui effuyant les yeux par de ten-
dres embraffements.)

Bianca , je t'en prie, ma divine, parle !
Pourquoi n'apprendrois-je pas auffi de ta
charmante bouche la fentence que tu as
entendu prononcer par un barbare ?

E 3

Pourquoi ne t'aiderai-je pas à supporter cette mortification ? — Tu persistes dans ton silence ? Cet accablement taciturne me tourmente doublement ; parle !

BIANCA. (*En sanglotant.*)

Je ne saurois ! cela ne te serviroit de rien ! — Sache que nous devons fuir , & pour notre sûreté , & pour prolonger la félicité de notre union.

A ces paroles Bianca s'arracha des bras de Bonaventuri ; elle courut dans sa chambre , où elle se jetta sur son lit ; & l'ayant suivie , il la pressa en vain par de nouvelles questions, crainte de son tempérament violent & billeux , même peut-être qu'il ne conçut quelque soupçon ; — car l'espace de temps pendant lequel elle s'étoit trouvée seule dans le palais de Mondragon , ne laissoit pas que d'être considérable. — Elle s'étoit fermement proposée de ne dire mot, ni à son

mari, ni à qui que ce fut, de la déclaration d'amour que le Prince lui avoit
faite : fon époux ne pouvoit préfumer autre chofe, finon qu'elle avoit follicité le
fauf-conduit en queftion, & qu'une réponfe défavorable étoit la véritable caufe
de fa grande trifteffe.

Il fit naturellement tout ce qui dé-
pendoit de lui pour la confoler ; &
juftement il fe berçoit du doux efpoir
d'y réuffir au bout de quelques heures,
lorfque fa mere entra dans la chambre
avec beaucoup de précipitation. Elle lui
fit part, avec un ton tenant de la peur
& de la furprife, qu'il venoit d'entrer
chez eux un Monfieur inconnu, mais
fuperbement habillé, qui étoit envoyé
de la part de Son Alteffe Séréniffime,
& qui foutenoit d'avoir néceffairement à
lui parler.

Ils étoient déjà tous dans la perfua-
fion que fa propofition ne pouvoit être
relative qu'à une lettre-de-cachet : ainfi

ils l'allerent joindre en tremblant ; mais ils furent encore infiniment plus frappés lorsqu'ils entendirent de la bouche de ce Député , qui étoit un Cavalier de la Cour du Grand-Duc, le commencement de la déclaration suivante :

» Monsieur Pierre Bonaventuri , mon
» gracieux Prince & Maître , le Grand-
» Duc , a été si avantageusement informé
» de votre capacité , de votre assiduité
» & de votre connoissance de diverses
» langues étrangeres , qu'il a cru être
» de son équité de ne pas laisser toutes ces
» rares qualités dans l'inaction , d'autant
» plus, qu'attentif à se faire rendre compte
» des talents particuliers de chacun de ses
» Sujets, il se fait un devoir de placer
» les plus méritants : ayant besoin d'un
» Secrétaire pour tenir la correspondance
» avec la Cour de France , il vous a
» nommé à cet emploi. «

BONAVENTURI. (*Plein de surprise , il recule quelques pas en arriere.*)

Comment ? qui ? moi ?

LE CAVALIER.

Oui , Monsieur , vous-même. — En attendant , il a fixé vos appointements à quinze cents sequins par an ; & j'espere que vous saurez convenablement apprécier cette faveur extraordinaire, qui vraisemblablement n'est que l'avant-coureur d'une charge beaucoup plus considérable, dont vous ne pouvez manquer d'être pourvu sous peu.

BIANCA. (*En elle-même.*)

Ha ! le rusé voluptueux ! Mais j'en fais serment sur ma damnation , il sera trompé !

BONAVENTURI.

Jugez de ma sensibilité d'après l'impuissance d'exprimer mes sentimens de reconnoissance !

LE CAVALIER.

C'est par ce motif que notre gracieux Prince vous accorde une heure de tems pour reprendre vos sens & vous habiller ; vous viendrez ensuite le remercier de bouche. — A revoir ! Je vous prie de ne pas oublier, dans le moment de votre fortune prochaine, que j'ai été le por-teur de cette agréable nouvelle ; & — sans me vanter — que j'ai été en plu-sieurs points votre protecteur auprès de S. A. S. (*Il sort en faisant une profonde inclination.*)

BIANCA. (*A part.*)

Il a choisi un bon Commissionnaire ! — Le fourbe ! qui vraisemblablement ne nous a jamais vus, qui a seulement en-tendu nommer notre nom aujourd'hui pour la premiere fois de sa vie, & qui néanmoins veut préfentement jouer le protecteur ! Plût à Dieu que je ne puffe pas fi facilement deviner le véritable folliciteur !

BONAVENTURI. (*Qui demeure à fa place pendant que fon pere & fa mere conduifoient très-poliment ce Meffager diftingué , fe tourna enfin vers Bianca , qu'il embraffa.*)

O Bianca ! ma chere Bianca ! Y a-t-il jamais eu plus de reffemblance à une féerie que ma fubite & incompréhenfible promotion ? — Quel heureux change-ment ! quelle belle perfpective ! — Et tu ne te réjouis pas ?

BIANCA. (*D'un fourire forcé.*)

Une joie tout-à-fait inattendue man-que ordinairement d'expreffion ! Peu au-paravant tu avois perdu la parole, pré-fentement je fuis même incapable de

E 6

donner des marques de contentement.
(*En le menaçant du doigt.*) Bonaventuri, ta nouvelle route eft bien brillante ; mais fur-tout n'oublie pas qu'elle
eft encore beaucoup plus gliffante !

BONAVENTURI.

Qu'elle foit ce qu'elle voudra ! la
bonne fortune, qui m'y conduit de fon
propre mouvement, me préfervera fans
doute auffi de la chûte auffi long-tems
que je me comporterai avec intégrité ,
& je le ferai en tout tems.

BIANCA.

Je l'efpere ; fi feulement · · · · ·

BONAVENTURI.

Préfentement point d'inquiétudes !
Ne fongeons à préfent qu'à nous ré-
jouir & aux préparatifs pour m'habiller ,
& enfuite à voler chez ce bon Prince !

Si Bonaventuri , tranſporté d'une joie exceſſive , exaltoit ſon Souverain avant de lui avoir parlé , il le fit encore dix fois davantage lorſqu'il fut de retour de ſa premiere audience. — Convenons que François méritoit toute la chaleur avec laquelle ce nouveau placé faiſoit ſon éloge. Il étoit de ce petit nombre de Princes en qui l'on honore à la vérité le Souverain dès qu'ils le veulent ; mais en qui l'on aime encore davantage l'homme humain. Quiconque approchoit de ſon trône — ce qui étoit permis au dernier de ſes Sujets à certaines heures — étoit reçu de lui avec une bonté prévenante. Il écoutoit toutes les demandes ; & lorſqu'il les accordoit , la maniere avec laquelle il le faiſoit redoubloit le prix de la grace accordée : lorſqu'il étoit forcé de refuſer , un ton conſolant adouciſſoit ſon refus. A cette paternelle façon de penſer , il joignoit toute la politique d'un Adminiſtrateur : ſon cœur étoit

plein de clémence ; mais fa mine déce-
loit encore plus la plénitude de fon
amour. Son intérieur étoit bon ; fon extérieur étoit cependant prefqu'encore
meilleur : même fes fautes étoient fimplement de faux calculs, des établiffe-
ments précipités, qui avoient d'ailleurs
de bonnes bafes. Par exemple, il laiffoit
quelquefois faire fes Courtifans, parce
qu'il ne les envifageoit pas comme fes
Courtifans, mais comme fes amis, &
parce que fon cœur, naturellement en-
clin à l'amitié, fe fioit à celui que ce
cœur affectionnoit.

Un Prince de cette efpece ne pouvoit
manquer de recevoir l'époux de fa maîtreffe, — qui lui étoit d'un prix inefti-
mable — avec une bonté & une affabi-
lité qui enleva d'abord l'inexpérimenté
Bonaventuri jufqu'au troifieme ciel. Les
occupations que l'on donna à ce jeune
homme étoient extrêmement faciles ;
mais François trouva qu'elles deman-

doient un grand talent. Pour dire vrai ,
il les avoit fait avec foin & paffablement
bien ; le Prince les trouva fupérieure-
ment remplies. Les appointemens qui lui
avoient été fixés récompenfoient au tri-
ple la peine de fon emploi : le Prince
penfoit différemment ; il les doubla au
bout de quelques jours ; il accompagna
même cette augmentation de regrets de
ce que l'état de fes caiffes ne permettoit
pas d'aller au-delà. François étoit conftamment le bienfaiteur ; chaque jour il
ajoutoit à fes largeffes , & il croyoit cependant être toujours débiteur.

Ainfi Bonaventuri , toujours en poffeffion de la faveur de fon Souverain ,
monta d'une place à l'autre avec une
rapidité qui parut incroyable à tous ceux
qui n'en connoiffoient point la caufe fe-
crete. De Secrétaire il devint Confeiller ,
enfuite l'ami , & enfin tout-à-fait le favori
du Grand-Duc. Il en étoit de lui comme
d'un ivrogne qui s'endort pauvre , & qui

fe réveille fur le trône. Sans être initié
dans la profeffion des Courtifans, il fur-
paffa cependant en très-peu de tems les
plus anciens & les plus habiles maîtres en ce
funefte métier. L'envie le talonnoit de
près ; les railleries & la calomnie bour-
donnoient à haute voix ; il rencontroit
par-tout de la rufe & de la haine : la
faveur du Prince étoit fon égide contre
toute. Une feule parole expreffive fortie
de la bouche du Souverain, mettoit fin
à toutes les jaloufies & railleries, ou
elles étoient du moins fecretes.

Le Prince amoureux voulut auffi tirer
Bianca de fa retraite pour la placer à fa
cour, alors une des plus brillantes d'Europe. Les invitations de Madame Mondragon, les demandes du Prince à Bonaventuri lui-même, les fêtes, les jeux publics,
les domeftiques gagnés, tout cela fut em-
ployé en vain. Bianca ne parut à la Cour
que lorfqu'elle étoit obligée d'y aller ;
mais il étoit peint fur fa figure qu'elle

avoit laiſſé ſon cœur à la maiſon ; & la
récluſe la plus fanatique n'obſerve pas
plus rigidement les ſtatuts de ſon ordre
que Bianca reſta fidele à ſes devoirs.

Elle ne paroiſſoit dans aucune aſſem-
blée particuliere qu'après y avoir été in-
vitée pluſieurs fois , & cela toujours en
habits les plus ſimples & avec une grande
modeſtie ; point de pierre précieuſe dans
ſes cheveux, aucune perle au col ni aux
bras, à peine un habillement de ſoie ,
& la couleur de ſes habits toujours mo-
deſte & unie ; mais cependant doublement belle par cette ſimplicité & par
cette modeſtie. —— Elle parloit peu ; &
moins elle parloit, plus elle avoit la réputation de parler avec eſprit. Cent Dames
de la Cour recherchoient ſon amitié ;
elle ne la refuſoit ni ne l'accordoit à aucune. L'inclination du Souverain , preſ-
que connue de tous les courtiſans , éloi-
gnoit d'elle les ennuyeuſes pourſuites des
nobles voluptueux ; ils la reſpectoient ,

aucun ne l'importunoit : elle , de son côté, n'en regarda aucun , & retenoit même les recherches du Grand-Duc , dont l'amour pour elle augmentoit chaque jour : il devenoit plus expressif par les yeux , toujours plus avare , & plus timide dans sa conduite.

Mondragon voyoit le tout , & il enrageoit de honte & de colère. Bonaventuri l'avoit beaucoup mis en arrière dans la faveur du prince ; il le souffroit patiemment , parce qu'il espéroit de s'élever sous peu encore plus haut , & de s'affermir à raison des services qu'il avoit rendus au Souverain à l'égard de Bianca : mais ses démarches , ainsi que son artificieuse persuasion , échouerent , & son crédit tomba d'autant plus bas , parce qu'il avoit promis & même garanti un succès favorable au Prince. Un homme , dont la plus brillante fortune consistoit dans la faveur de la Cour , ne pouvoit manquer d'être surpris de rencontrer chez

une femme cette grandeur d'ame , qu'il
n'avoit jufques-là connu que de nom ,
& de plus feulement foupçonné , à peu
de chofe près , comme nous connoiffons
le griffon , une vertu à toute épreuve.
Mais , en véritable courtifan , il ne s'en
tint pas long-temps à un repentir in-
fructueux ; il s'occupa à former de meilleurs plans , & à tirer une vengeance
certaine.

Quoi qu'il n'eût pas befoin d'encoura-
gement pour exécuter fon deffein , les
railleries & les reproches continuels de
fon époufe le confortoient encore. Nous
rapporterons ici une de ces fcenes de
leurs inquiétudes domeftiques , parce
qu'elle donnera quelque clarté pour la
fuite : elle eut lieu lorfque madame Mondragon revint un foir d'un feftin , auquel elle avoit été feule , & qu'elle trouva
fon mari , déjà de retour de chez le Prince ,
affis penfif devant la cheminée.

Mᵐᵉ MONDRAGON. (*Avec un sourire
ironique.*)

Déjà de retour de chez le Grand-Duc ?
— Si solitaire ? si pensif ?

MONDRAGON.

Le dernier est-il donc si extraordinaire ?

Mᵐᵉ. MONDRAGON.

Ho, non ! (*De rechef, d'un ton équivoque.*) Mais penses-tu à des affaires per-
sonnelles, ou à celles de l'Etat ?

MONDRAGON.

Aux unes & aux autres. — Comme
tu voudras.

Mᵐᵉ. MONDRAGON.

Oui ! — (*Après une courte pause.*)
Le célebre Italien, qui a écrit un livre
si spirituel sur la politique, s'appelloit
Machiavel ; n'est-il pas vrai, mon ami ?

MONDRAGON;

Sans contredit.

Mᵐᵉ MONDRAGON.

Son livre eft-il réellement fi fort rempli de rufes de cour & de politique ?

MONDRAGON.

Il en regorge. — Mais comment penfes-tu à préfent à Machiavel ?

Mᵐᵉ. MONDRAGON.

Parce que j'ai été formalifée de certains propos malins que quelques beaux
efprits jaloux divulguent fur ton compte,

MONDRAGON.

Sur mon compte ?

Mᵐᵉ, MONDRAGON.

Vraiment oui ! Imagine-toi qu'ils

difent que tu es intentionné de publier la continuation de ce livre.

MONDRAGON. (*Fort embarraffé.*)

Moi ? — En vérité , je ne fai ce qui te vient à l'idée.

Mme. MONDRAGON. (*Avec aigreur.*)

Et moi encore moins ce que fongent ceux qui ajoutent foi à ces propos. Non , pour continuer un pareil ouvrage , il faut être foi-même initié & maître dans les politiques des cours.

MONDRAGON.

Ha, ha ! eft-ce là que tu en viens ? & tu ne crois donc pas que je poffede fuffi-famment ces qualités?

Mme. MONDRAGON.

Pour l'amour de Dieu, tu ne te l'ima-gines, fans doute, pas toi-même ! — Mi-nuit & midi different moins entr'eux que

toi & Machiavel. Lui, ce rufé courtifan ,
une fois parvenu jufqu'au rang de prin-
cipal favori de fon maître , fe feroit bien
donné de garde de s'aller chercher un
compétiteur dans une cabane de mendiant
à moitié pourrie ; il n'auroit certainement pas fi aveuglément favorifé l'inclination de fon maître pour la vertueufe
femme d'un Artifan ; ou fi , par hafard ,
il avoit commis une pareille faute dans
un accès de fievre , penfes-tu qu'il auroit vu d'un œil tranquille attirer
à foi ce que l'état , le rang & les tréfors
ont de confidérable , comme le font
Bianca & fon mari ? En attendant , ce
Duc infenfé & prodigue , qui fait l'impoffible pour cocufier un homme de la
lie du peuple , ne reçoit pas feulement
un feul miférable baifer pour tout ce
qu'il diffipe. — Ne t'ai-je pas prédit le
tout lorfque tu me communiquas ton
fage plan , & que tu voulus m'exciter à
te prêter la main, à faire la maquerelle, &

Dieu fait encore à quelles autres infâmies ? — Il eft honteux d'avoir refpiré l'air de la Cour dès l'enfance, & de pécher fi grofliérement contre les premiers principes ! (*Elle refte court de colere.*)

MONDRAGON. (*dont le fang-froid a naturellement encore augmenté l'ardeur de fon époufe.*)

As-tu fini de fulminer & d'aboyer ?

Mᵐᵉ. MONDRAGON.

Plût à Dieu que tu euffes fini de commettre des étourderies !

MONDRAGON. (*Comme auparavant.*)

J'ai donc fait la fottife de fervir de maquereau — comme il te plaît de baptifer mon miniftere : — c'eft là ma faute.

Mᵐᵉ. MONDRAGON.

Demande plutôt s'il fait réellement nuit

nuit à préfent ! ces deux chofes portent leurs réponfes avec elles.

MONDRAGON.

Sans contredit ; & cependant tu y réponds tout de travers ; car tu affirmes ce que tu devrois nier. — Ma chere époufe, fi j'avois été l'auteur de cet amour ; fi c'étoit moi qui eût fait faire le premier la connoiffance de Bianca au Grand-Duc , & même dans ce deffein , tu aurois entiérement raifon ; ou même fi j'avois découvert cette paffion à fa naiffance , & alors favorifé fon accroiffement , peut-être n'aurois-tu au moins pas tout-à-fait tort ; mais comme je l'ai trouvé déjà très-profondément enracinée , j'ai vu qu'il étoit impoffible de l'anéantir , & que lui cédant il y avoit au moins un efpoir d'intérêt ; j'ai cru ne pas devoir refufer de me charger de cette négociation , d'autant plus que mille mains officieufes fe feroient d'abord offertes , &

m'auroient en même-tems précipité de
mon élévation peu affurée. Ne t'imagines
pas que je n'aie point prévu ce qu'il
feroit poffible de perdre d'un autre côté!
Je le preffentois & tremblois; mais les
inévitables regles du jeu d'hafard m'en-
traînent.

Mme MONDRAGON.

Un beau joueur d'hafard qui n'eft pas
maître de lui-même !

MONDRAGON.

On l'eft fouvent le plus lorfqu'on croit
l'être le moins ; en tenant tout ou rien ,
fouvent on joue le mieux. Mais laiffons
là le jeu. Comme nous fommes en train
de parler en paraboles , j'en connois encore une qui a plus de rapport à la chofe
que la précédente. Lorfque je vois brûler
la maifon de mon voifin , avec certitude
que la mienne ne tardera pas de s'allumer , fuis-je imprudent fi j'arrache moi-

même un de mes corps-de-logis , afin de
fauver le meilleur & le plus grand ?

Mme MONDRAGON.

Non , ce n'eft point une imprudence ;
mais au moins je n'en ramaffe pas les
cendres inutiles, & je fonge à rebâtir
mon édifice.

MONDRAGON.

Ne le fais-je pas?

Mme MONDRAGON.

Je n'attends nullement jufqu'à ce que
e tonnerre , la tempête & le tems aient
hevé de faire écrouler les murailles
eftantes.

MONDRAGON.

Que fais-tu , impatiente , fi j'attendrai
fqu'alors; fi je n'ai déjà pas en ce mo-
ent trouvé un moyen pour nous ré-
blir ?

Mme MONDRAGON.

Ce qu'il y a de certain, c'est que tu
aurois tort de m'en faire un secret. (*Ironiquement.*) La réussite de tes projets
passés ne te donne certainement aucun
droit de les regarder comme infaillibles.

MONDRAGON.

Hé bien! regarde mon plan, & dis-
moi si les dimensions en font sagement
ordonnées. — Supposons qu'il te pren-
droit aussi fantaisie d'être ponctuellement
fidelle à ton époux, de ne rien faire,
même de ne penser à rien qui seroit contraire à la fidélité que tu lui aurois pro-
mise à la face de l'Autel·····

Mme MONDRAGON. (*L'interrompant brusquement.*

Que veux-tu dire avec ton supposons?
Je crois que tu rêves.

MONDRAGON. (*Souriant.*)

Voilà vraiment une grande injuſtice
d'imiter ton louable exemple ! & cependant ce n'étoit pas ſeulement mon intention. Je ne ſoupçonne aucunement ta
vertu ; mais qu'elle ſoit tout-à-fait inébranlable , comme celle de Bianca , à
des épreuves ſemblables à celles auxquelles Bianca a réſiſté, je ne le crois vraiment pas , parce que je penſe trop fa-
vorablement de ton eſprit.

Mᵐᵉ MONDRAGON.

Voilà un charmans compliment ! cependant tu vas toujours en avant.

MONDRAGON.

Suppoſons donc que tu lui reſſembles ;
que penſes-tu qui pourroit t'affliger plus
amerement que l'offenſe de ce même
homme pour l'amour de qui tu aurois
tout dédaigné ? l'infidélité de cet époux

auquel tu as resté si fidele ! — Et si quelqu'un t'offroit des preuves convaincantes
qu'il prodigue à une autre ses forces &
son amour , que ferois-tu en ce cas ?

Mme MONDRAGON.

Je me vengerois.

MONDRAGON.

Quelle feroit la nature de ta vengeance ?— N'est-il pas vrai , la réciprocité
feroit une des principales ?

Mme MONDRAGON.

Peut-être.

MONDRAGON.

Verrois-tu d'un œil tranquille qu'un
adverfaire précipitât alors ton infidele de
son élévation ? Ne te prêterois-tu peut-
être pas toi-même à fa chûte dès que tu
ferois certaine de ne point souffrir de fa
ruine ?

Mme MONDRAGON.

Cela fe pourroit. Mais où trouveroit-
on chez Bianca ? — Car je vois bien que
cela fait allufion à elle : le motif d'une
vengeance de ce genre, je ne vois pas
où.

MONDRAGON.

C'eft une preuve que tes yeux corpo-
rels ne font pas auffi clair-voyans que tes
fpirituels.

M^m MONDRAGON. (*Baiffant ironi-*
quement la téte.)

Faffent les Dieux que le cas contraire
ne fe trouve pas chez plufieurs grands
Seigneurs !

MONDRAGON. (*Il l'embraffe en*
fouriant.)

Émilie, laiffons là ces railleries réci-
proques ; réuniffons plutôt nos forces

F 4

pour nous entr'aider. Tu connois Caſſandre ?

Mᵐᵉ MONDRAGON.

Caſſandre ? la veuve de notre ancien
voiſin , Simon Bongiani ?

MONDRAGON.

Poſitivement ! cette dame d'une ſu-
perbe taille , au ſein arrondi , aux yeux
étincelans.

Mᵐᵉ MONDRAGON.

A préſent, à préſent j'y ſuis ! Tout
beau , Monſieur mon mari ; ne perdez
pas ſi vîte la tête ! De gros yeux ne ſont
pas ſi extraordinaires ; & la taille de
Caſſandre . . . . . .

MONDRAGON. (*En plaiſantant.*)

Quelle maudite jalouſie de femme !
Ma chere amie , il eſt cependant incon-

teſtable que Caſſandre eſt une de nos plus belles Florentines !

Mme MONDRAGON.

Dis auſſi une des plus voluptueuſes ! Le pauvre Simon Bongiani vivroit certainement encore ; il interromperoit aſſurément encore nos concerts avec ſa toux étique , s'il n'avoit pas épouſé cette inſatiable.

MONDRAGON. (*Souriant.*)

Tant mieux ! tant mieux ! tant plus il y a d'ardeur dans l'intérieur , tant moins faut-il d'attrait extérieur. —— Bref , ſi je ne me trompe , le Seigneur Pierre Bonaventuri l'a déja couché en joue depuis quelques jours , même ſi viſiblement , que vraiſemblablement Caſſandre s'en fera très-bien apperçue.

Mme MONDRAGON. (*En branlant la tête.*)

Si je ne me trompe pas ! peut-être !

F 5

vraisemblablement !— sont de simples possibilités !

MONDRAGON.

Que je réaliserai en très-peu de tems par le moyen de mon complice. Tu dois aussi connoître le cousin de Cassandre, Robert, fils de Pierre-François Ricci (1). C'est un courtisan comme on en voit peu ! Souple, rusé, maître de ses actions & de ses paroles, propre à tout, & qui m'est entièrement dévoué. Je l'ai chargé de glisser à l'oreille de Bonaventuri que Cassandre l'aime passionnément, & d'en dire autant à Cassandre de Bonaventuri. Les deux parties, déja peu éloignées l'une de l'autre, se joindront bientôt. Lui sans expérience & sans réflexions ; elle lascive & rusée ! Le soufre peut-il plus facilement prendre feu ? & en ce

---

(1) Gentilhomme d'illustre naissance, & riche Négociant de Florence.

cas Bianca aura-t-elle quelque chofe de mieux à faire que de rompre avec fon mari ?

Mᵐᵉ MONDRAGON.

Ou de le méprifer.

MONDRAGON.

C'eft équivalent ! Dans les deux cas , le Grand - Duc fera vainqueur. Quoi qu'il en foit , nous mêlerons les cartes ! dans les deux cas nous ferons les entremetteurs & richement récompenfés.

Mᵐᵉ MONDRAGON.

Mais fi , par un excès de tendreffe conjugale , — car à quels degrés de tendreffe ne fe porte pas quelquefois une ame bourgeoife ! — elle faifoit des reproches amoureux à fon époux ; fi elle le refondoit ; fi elle le remettoit plus fortement que jamais dans fes chaînes ; fi

elle augmentoit en vertu & lui en fidélité,
qu'en arriveroit-il alors ?

MONDRAGON.

Tu parles comme si tu n'étois mariée
que d'avant-hier , & que tu ne connusses
pas encore l'énorme différence qu'il y a
entre l'amour d'une maîtresse & le devoir
d'un mari ! —— Laisse-moi faire & tout
ira bien !

Mme MONDRAGON.

Je le souhaite ; mais je ne saurois encore me le persuader !

Dans le fond Madame Mondragon
n'avoit d'autre raison de ne pas espérer la
réussite de ce stratagême de courtisan que
par ce don de contradiction , qui est devenu une seconde nature chez la plupart
du beau sexe ; car le projet de son mari
étoit très-vraisemblable , elle le croyoit
elle-même tel : cependant il échoua ,
malheureusement ! peu après.

Caffandre Bongiani poffédoit toutes
les qualités propres à enchaîner un jeune
homme , entraîné par l'ambition , plein
de defirs & enivré d'un bonheur non
mérité. Si elle reffembloit au portrait
qu'on en voit encore dans l'Eglife de
Notre-Dame *Dell'orto* , où elle eft en-
terrée derriere la Chapelle du Saint-Ef-
prit , appartenante à la maifon Calva-
canti , elle étoit d'une beauté parfaite ;
tout confidéré en cela elle étoit la digne
rivale de Bianca. D'après chaque particularité de fon antitype , fi on les avoit
comparées l'une avec l'autre ; alors Caffandre auroit été une Junon exaltée ,
belle & majeftueufe; Bianca une modefte
Pfiché, douce & feulement vive en amour.
Bianca étoit créée pour le bonheur d'une
tendreffe cordiale ; & Caffandre entiérement pour une paffion qui fait éclat.
Bianca defiroit de poffeder tranquillement; Caffandre afpiroit ardemment à
régner généralement enviée ; un feul

cœur suffisoit à celle-là ; dix mille auroient à peine satisfait celle-ci. Bianca trembloit devant chaque rivale ; Cassandre s'en rejouissoit , parce qu'elles relevoient le prix de son triomphe : le refroidissement en amour étoit le plus grand tourment pour celle-là ; celle-ci ne respiroit que le changement & l'inconstance. Bianca cachoit mille attraits qu'elle possédoit réellement ; Cassandre ajoutoit encore le double d'empruntés à ceux qui lui étoient naturels. Bianca avoit aimé une fois ; Cassandre jamais.

C'étoit ainsi qu'étoit faite la Dame qui devoit servir de piege à Bonaventuri, & qui le fut réellement. A peine lui tendit-elle ses filets qu'il y fut pris ; il oublia la possession de ses véritables trésors , pour s'emparer d'un clinquant d'or trompeur : la voix du devoir parla en vain à son cœur , la passion étouffa cette voix. Les difficultés & le danger ne l'épouvanterent point ; au contraire , ils

l'animoient : auffi cet homme , dont
chaque defir avoit été accompli depuis
quelques mois , n'étoit plus en état d'en
réprimer un nouveau , pas même de le
tenir fecret. Courtifan en rien qu'en vanité , il croyoit qu'il ne s'agiffoit que de
fe déclarer pour être écouté ; & en effet
il fe déclara fi publiquement , fi incon-
dérément , que fous peu toute la Cour
du Grand-Duc , même toute la vafte
ville de Florence favoit qui il aimoit , &
avec quelle ardeur il l'aimoit.

La feule perfonne à qui il s'efforça de
le cacher , étoit juftement celle pour
l'amour de laquelle il auroit dû tout-à-fait
éviter la volage Caffandre , la feule envers
laquelle fon plus petit péché en devenoit
un mortel. Hélas ! Bianca ne fut cependant pas long-tems à remarquer ce qu'il
vouloit lui cacher ; elle s'apperçut que
fa feinte n'étoit que contrainte , & fon
infidélité une perfidie trop certaine; elle
fit l'impoffible pour le ramener de fon

égarement ; redoublement de tendreſſe ;
renouvellement de ſon premier amour ,
prévenance de ſes moindres deſirs , aver-
tiſſement ſur les dangers de la Cour , &
de plus jamais le plus petit reproche ; aucun regard fâcheux , pas même ſurveil-
lant!elle ſe conduiſit en femme abſolument
auſſi tranquille qu'on a coutume de l'être
le lendemain d'un mariage heureuſe-
ment commencé. Le coupable étoit in-
térieurement pénétré du ſentiment de ſon
indignité , & malgré cela il reſta coupable.

Mais il fut impoſſible à Bianca de
cacher long-tems aux ſpectateurs étran-
gers l'inquiétude qu'elle cherchoit de
diſſimuler à ſon mari , qui ſeul en étoit
l'auteur. A dire vrai , elle n'avoit point
d'amie à qui elle auroit pu en faire part ,
ou qui auroit pu s'en douter : cependant
une certaine mélancolie répandue dans
ſes yeux & ſur tous les traits de ſon
viſage , annonçoit à chaque obſervateur

attentif une certaine agitation dans l'intérieur de son cœur ; elle qui autrefois
n'avoit coutume que d'être sérieuse, étoit
devenue triste ; — c'est ce que Mondragon attendoit avec impatience. Devenu
timide par sa mauvaise réussite précédente, il vouloit, avant toute chose,
attendre les marques les plus certaines
avant de conclure sur la maturité de sa
semence ; il la jugea alors mûre.

Dans l'après-dîner d'un jour d'été
brûlant, Bianca étoit mélancoliquement
assise dans une des charmilles de son
jardin délicieux, — bien entendu que
Bonaventuri étoit logé en conséquence
de son nouvel état, — d'où elle regardoit attentivement une chûte d'eau, sans
appercevoir une seule des gouttes, ni
entendre leur murmure, lorsque Mondragon entra inopinément dans ce jardin,
& en salua respectueusement la charmante maîtresse.

» Pardonnez, Madame Bonaventuri,

» lui dit-il en l'abordant, si dans l'ef-
» poir de trouver votre époux ; je · · · ·«

BIANCA. (*D'un ton froid , mais honnête.*)

Je suis fâchée que vous vous soyez donné une peine inutile ; il est à la pro-menade.

MONDRAGON.

Vos laquais me l'ont annoncé avant que je fusse descendu de voiture , & je l'ai appris sans m'en beaucoup chagriner. Ma commission de ce jour vous inté-resse charmante Dame, & votre Epoux également ; c'est une priere de la part de notre gracieux Souverain adressée à tous les deux.

BIANCA.

Qu'ordonne S. A. S. ?

MONDRAGON.

Que Bonaventuri nous accompagne demain à une partie de chaffe ; & il vous prie, Madame, de vouloir bien faire l'ornement d'un petit bal qu'il veut donner à la maifon de chaffe nommée *Fioro*.

BIANCA.

Mon mari fe rendra fans faute à fon devoir : quant à moi, une légere indifpofition au pied droit m'empêchera de profiter de la gracieufe invitation de S. A. S.·····

MONDRAGON.

Point d'excufes, Madame ;—S. A. S. m'a défendu d'en recevoir. Quand bien cette indifpofition ne feroit pas un fimple prétexte, elle vous empêcheroit tout au au plus de danfer, & peut-être que la compagnie & la converfation y gagneroient le double

BIANCA.

Du moins S. A. S. ne trouvera pas mauvais que je ne prenne point d'engagemens avant d'avoir obtenu le consentement de mon époux.

MONDRAGON.

C'est une civilité superflue, Madame; sur-tout dans les circonstances où vous vous trouvez présentement. —— (*Elle se tait & baisse la vue. Mondragone, après une pause d'une minute.*) Bonaventuri est donc déja à la promenade ?

BIANCA.

Oui , Monsieur.

MONDRAGON.

Oserois-je demander de quel côté ?

BIANCA.

Je l'ignore moi-même.

MONDRAGON.

Peut - être chez madame Caffandre Bongiani ?

BIANCA,

Il eft poffible.

MONDRAGON.

Il me femble du moins que j'ai vu fon carroffe aux environs de fon logis.

BIANCA.

Oui ?

MONDRAGONE. (*Avec un regard parlant, & comme s'il vouloit faifir fa main.*)

Pauvre madame Bianca !

BIANCA. (*Se levant.*)

Pardonnez , Monfieur · · · ·

MONDRAGON. (*Qui la retient cependant avec beaucoup de respect.*)

Non, madame Bonaventuri, pardonnez-moi plutôt si je ne vous laisse pas
encore aller. Les ordres de mon Souverain ne se bornent pas à cela. (*Elle le
fixe avec une certaine surprise , mais
elle prend courage & elle reste. Il con-
tinue en changeant de ton.*) Pauvre
Bianca , combien devez-vous déjà vous
être familiarisé avec votre chagrin (aussi
est-il celui de toute notre Cour , & sur-
tout du Prince) que vous pouvez entendre avec un si grand sang-froid le nom
d'une personne , de qui vous vient cependant toute cette amertume.

BIANCA. (*Très-sérieusement.*)

Monsieur Mondragon, je me suis assise de nouveau pour apprendre ce que
Son Altesse Sérénissime avoit encore à

m'ordonner, mais non pour m'entretenir de mon ſort avec vous. Juſqu'ici je
ne ſache pas de m'en être encore plaint
à perſonne,

MONDRAGON.

Parce que vous ignorez à quel degré
de reſpect je vous ſuis dévoué, & combien l'indécente conduite de votre mari
me peine. Mon intention (1) eſt la principale cauſe qui l'a élevé, & cela uniquement en votre conſidération, à ce
poſte brillant; ſi j'avois pu prévoir combien il abuſeroit de ſon bonheur· · · ·

---

(1) Notez que c'eſt déjà le ſecond courtiſan
qui s'attribue le bonheur de Bonaventuri !
Vraiment cette race de gens a toujours la
vanité de s'approprier chaque action d'humanité, qu'ils n'ont pas effectuée ; en re-
vanche, ils ont la diſcrétion de cacher ſoigneuſement le mal qu'ils ont réellement
fait.

BIANCA (*Surprise.*)

Abufer ? — Abufer, dites-vous Monfieur ? Quand en abufa-t-il ?

MONDRAGON.

N'eft-ce pas le plus grand abus poffible ; n'eft-ce pas le fuprême degré de
folie, de préférer une Caffandre à Bianca ? — à Bianca, aux pieds de laquelle
tomberoit tout ce que Florence a de
grand & de noble, dès qu'elle feroit le
moindre figne — pour courir après une
voluptueufe coquette & impérieufe, qui a
déjà ruiné la fortune de plufieurs ména-
ges ; débauché les maris de plufieurs
femmes vertueufes, & qui les a enfuite
plantés là pour fe livrer au premier
voyageur étranger.

BIANCA.

Je vous en prie, Monfieur, finiffez !
Je vous répete que je ne conçois pas

ce

ce qui peut vous engager à vous mêler
dans cette affaire ! — L'égarement que
vous attribuez à mon époux n'est d'ailleurs pas encore si certain , si irréfuta-
ble , que vous prenez plaisir à le faire
paroître. Une pensée passagere , que l'on
prend de l'autre part d'abord pour sérieuse ; une politesse faite mal adroite-
ment , & l'envie de faire la cour, beaucoup plus commune à vous autres hommes qu'à mon sexe, — peut-être que
tout cela a donné lieu à quelque vraisemblance , sans cependant préjudicier
à son innocence. Au surplus sa conduite envers moi est de nature···· Je
vous fais excuse, je m'oubliois ; je ne
voulois pas m'entrenir de ces.....

MONDRAGON. (*L'interrompant.*)

Défendrez-vous avec la plus grande
générosité un homme, qui dans le fond
s'est rendu indigne de votre défense ? —
Une vraisemblance , dites-vous ? Non ,

charmante Bianca, infâme eft celui qui trouble le bonheur & la tranquillité de fon voifin, à caufe d'un fimple foupçon ; & je ferois doublement infâme, fi j'empoifonnois le repos d'une fi digne & fi attrayante Dame. Je ne fuis venu ici que lorfque mon foupçon a été converti en certitude ; & préfentement. — (*Il lui préfente une lettre cachetée.*) Connoiffez-vous ce cachet & cette main ?

BIANCA. (*Extrémement furprife au premier afpect.*)

Vous avez raifon, il eft de Bonaventuri.

MONDRAGON.

Et l'adreffe, à qui ?

BIANCA.

Cruel, voulez-vous encore vous moquer de moi & de ma honte ? Dites-moi comment vous eft parvenue cette lettre ?

MONDRAGON.

Que cela soit arrivé comme il voudra ; il suffit que ce soit une lettre de votre époux, adressée à Cassandre ; & il ne dépend que de vous de l'ouvrir.

BIANCA. (*Qui reprend courage.*)

Elle n'est donc pas encore ouverte ?

MONDRAGON.

Non , il ne m'appartient pas de vouloir pénétrer les secrets de Bonaventuri ; mais vous avez le droit.

BIANCA. (*Avec un peu d'aigreur.*)

En pareil cas souffririez-vous réellement cela de votre épouse ? — (*D'un ton généreux en prenant la lettre.*) Monsieur Mondragon , je suis encore incertaine si je dois encore vous remercier de m'avoir remis cette lettre. Mais je dois du moins vous savoir gré de me l'avoir remis cachetée. — Elle reſtera préſentement en cet état.

MONDRAGON. (*Tout ſurpris.*)

Comment, Madame , & vous voudriez . . . . .

BIANCA. (*Souriant*)

Simplement imiter votre exemple , & ne point chercher à découvrir les ſecrets d'autrui. Pierre Bonaventuri n'eſt qu'un étranger à votre égard , mais il eſt mon maître. Ce qui ne convenoit pas de votre part feroit blâmable en moi. Je vous le répete , Monſieur Mondragon , je vous remercie ſincérement de me l'avoir remiſe dans cet état. (*Elle veut encore s'en aller , il la retient de nouveau.*)

MONDRAGON.

Ainſi vous ne voulez point écouter la commiſſion de mon maître ?

BIANCA. (*De mauvaiſe humeur.*)

Combien de tems parlerez-vous encore de cette commiſſion , que vous oubliez ſi facilement , pour vous égarer dans des chemins de côté , où . . . .

MONDRAGON.

Où l'on récompenſe véritablement aſ-ſez mal mes bonnes intentions , qui ſont cependant dignes de reconnoiſſance.

BIANCA. (*Ironiquement.*)

Vos bonnes intentions ? — Mondra-gon , l'air peſtilentieux de la cour ne m'a pas infectée au berceau. Je ne ſuis cependant pas aſſez inexpérimentée pour me laiſſer tromper par une hypocriſie de cette nature. Sans être médecin , l'on connoît certains poiſons , qui ſe mani-feſtent bientôt , malgré qu'ils ſoient lé-gérement ſucrés. — Ne me voilà-t-il pas de rechef ſortie de la theſe principale ! —

Je voudrois préfentement favoir ce que
vous avez à me dire de la part de Son
Alteffe Séréniffime ; je defire de l'apprendre le plus briévement que faire fe
pourra.

MONDRAGON.

Si bref que poffible ! Quant à moi,
je n'aurois que très-peu ou rien du tout
à dire. (*Il lui préfente très-poliment une
feconde lettre.*) Tenez belle & fortunée
Bianca !

BIANCA. (*Frappée de faififfement.*)

Comment une lettre de Son Alteffe
Séréniffime ? Une lettre à mon adreffe ?
Cela ne fe peut pas !

MONDRAGON.

La chofe eft cependant telle ! — Madame, que fert-il de balancer long-tems,
de diffimuler de part & d'autre ? Qui
peut ignorer que la grande beauté de

votre corps a fubjugué le cœur du Prince
le plus magnanime , & que la bonté
encore plus grande de votre ame l'a rendu à jamais votre efclave?

BIANCA.

J'aurois été capable de cette magie ?

MONDRAGON.

Oui vraiment ! Comment feroit-il
poffible que vous duffiez être juftement
la feule de toute la cour qui l'ignoreroit?
Mais fi vous l'étiez en effet, ce que je
veux bien croire , apprenez préfentement,
charmante Dame , que le cœur de notre
adorable Souverain brûle d'un amour
pour vous , dont il ne fentit jamais de
pareil. Lui , par qui nous vivons tous ,
vit uniquement par cette belle flamme. —
Par la préfente lettre, & par ma bouche ,
il vous offre fa tendreffe la plus cordiale ;
il vous accorde avec plaifir tout ce que
vous exigerez , tous les agrémens que la

cour , la magnificence & les dignités
font capables de procurer , pourvu que
vous lui permettiez . . . .

BIANCA.

Non , M. Mondragon , je ne vous
ai laiffé parler que trop long-tems , parce
que le furprenant d'une rufe fi fortement
marquée au coin de l'hypocrifie , d'un
piége fi malin , m'a rendue muette &
étourdie pour un moment. — Oui, oui,
rufe & piége , dis-je , & cela ne pro-
vient uniquement que de vous. Tout ce
que vous dites-là — j'ignore & ne veux
même pas favoir fi vous le répétez d'après
quelqu'un ; — mais cela ne vient certainement pas de notre magnanime Souverain. Il connoît trop bien les devoirs
de la fouveraineté & de chaque état ; il
eftime trop tout ce qui porte le nom
facré de la vertu , pour afpirer au crime ;
pour trouver de la fatisfaction dans un
amour qui tendroit à un double adultere ;

& qui . . . . Pas une parole davantage ;
quittez-moi fans délai !

MONDRAGON.

Adultére ? Crime ? Les Princes ne
font-ils pas, quant à eux, au-deſſus des
loix de la ſociété bourgeoiſe, qui leur
eſt ſubordonnée ? La réciprocité d'une
infidélité ſi long-tems ſoufferte par Bianca peut-elle s'appeller adultére ? Bonaventuri peut-il ſe plaindre de l'enlévement d'un bien qu'il a lui-même ſi igno-
minieuſement négligé le premier ? Le
Souverain, qui le dédommage en lui
tranſmettant des emplois brillans, &
des richeſſes, n'eſt-il pas déjà plus que
bon ? Et la vertu n'eſt-elle pas par trop
févere, lorſqu'elle s'oppoſe à la puiſſante
voix de l'amour. . . . .

BIANCA. (*Avec fierté.*)

Je n'aurai pas la condeſcendance de
diſputer avec vous ſur des choſes, qui

font, fans doute, une partie inconnue de l'univers, pour des favoris de la commune trempe, —— la vertu & le fentiment. Suffit que la mienne ne s'abaiffera jamais à devenir une coquette ; fuffit que le Grand-Duc n'a certainement.....

MONDRAGON.

Si vous ne voulez pas en croire à mes paroles, rapportez-vous en au moins à cette lettre. — (*Il la lui préfente de nouveau.*)

BIANCA.

Je ne la recevrai pas.

MONDRAGON. (*En fouriant.*)

Non ? Je ferai donc forcé de la laiffer ici. (*Il la pofe fur un banc.*) Madame, je vous en conjure, ne négligez pas ce que cent mille de votre fexe eftimeroient

comme le plus grand bonheur ; à la
vérité aucune de cent mille ne pourroit autant le mériter que vous. (*Il
veut partir.*)

B I A N C A. (*Le retenant.*)

Monfieur, reprenez votre lettre , où je
vous jure , par la Mere immaculée ,
qu'elle reftera cachetée telle que vous
la laiffez.

M O N D R A G O N.

Vous avez raifon , car il feroit inutile ; ainfi je la reprends, pour la déca-
cheter, & la laiffer ici. (*Il déchire lef-
tement l'envelope , & il s'éloigne avec
encore plus de célérité.*)

Bianca s'attendoit fi peu à ce dernier
tour, qu'elle en fut extrêmement furprife. Avant qu'elle eût pu s'y oppofer ,
à plus forte raifon fe confulter , le courtifan étoit déjà invifible. Il eft poffible

que le trait que le Mondragon hafardá,
paroîtra par trop périlleux à plufieurs de
mes lecteurs ! Laiffer-là la lettre ouverte
d'un Prince ; la pofer à côté d'une
Dame , qui , peu auparavant , s'eft déclarée avec le ton d'un férieux non emprunté , qu'elle ne la liroit pas ; cela a
l'air de faire fa commiffion , non en
rufé politique , mais en novice imprudent. Et cependant Mondragon avoit
très-bien réfléchi à ce qu'il faifoit. Il
étoit vivement perfuadé que la jaloufie
de Bianca , malgré le foin qu'elle avoit
de ne la pas faire connoître, l'exciteroit
néanmoins infailliblement ; & que la cu-
riofité, appanage ordinaire du beau fexe,
même peut-être fa confiance en fa vertu ,
lui offriroient de puiffans motifs , plus
que fuffifans pour l'engager à lire cette
lettre , dès qu'il fe feroit éloigné. Au
furplus , il avoit apofté un laquais pour
courir à la charmille , auffi - tôt que
Bianca l'auroit quitté , & regarder s'il

y feroit refté quelques papiers. Il y alla exactement, & il n'en trouva aucun.

La meilleure des femmes n'eft jamais qu'une femme. Même l'auteur du plus grand idéalifme humain, Richardfon, eft forcé d'en convenir malgré lui; car fa Henriette Biron eft fouvent une fille galante; cependant Sire Charles Grandifon parle & agit comme un cours de morale (1). Bianca, qui n'avoit du moins point réfolu de ne pas regarder la lettre, qu'elle ne pouvoit, fans doute, laiffer là par héroïfme, étoit à peine dans fa chambre, qu'elle repaffa encore une fois dans fon efprit tout le fyftême de ce qui eft permis ou défendu, & qu'elle marchanda & délibéra tant que la lettre fut

---

(1) Je vous en prie, Mefdames, ne vous emportez pas! je vous affure fur mon honneur, que ce n'eft point une fatyre: delà vient que fa Henriette fe trouve par-ci par-là dans le monde, & fon Sire Charles feulement dans un livre.

lue ; mais en fa qualité de femme , elle
ne vit rien de plus ; car après la lecture
fa réfolution fut toute différente de ce
qu'avoit efpére Mondragon en la laiffant;
en un mot, cette conclufion étoit digne
de Bianca.

Lorfque fon epoux revint le foir affez
tard à la maifon , fa mine ne lui fit point
connoître qu'elle favoit d'où il venoit.
Elle lui rendit fimplement compte de
l'invitation du Prince pour la chaffe , &
elle le pria d'excufer fa non venue au
bal , par une indifpofition. Bonaventuri
le promit volontiers ; le malicieux efpé-
roit de voir Caffandre à cette fête avec
d'autant plus de liberté. Bianca devina
fes penfées , mais elle démentit fi fort
la conduite ordinaire de fon fexe, qu'elle
pût obferver le filence.

Elle profita de fon abfence pour
pefer encore exactement toutes les
paroles qu'elle vouloit proférer. Le troifieme jour, fixé à deffein par elle pour

l'entretien, arriva. Le foir, à l'heure du
repos, Bonaventuri paffa dans l'appartement de Bianca, où il la trouva affife à
une petite table, dans une profonde mélancolie, fa tête appuyée fur fa droite.
Une pofition qui étoit inconnue à fon
époux ! car la taciturne Bianca dans les
fociétés, étoit toujours pour lui une
époufe gaie dans la maifon. C'eft pour
cela qu'il s'arrêta devant elle pendant une
minute fans parler, & comme elle parut à peine l'obferver, il ne pouvoit fe
difpenfer de la queftionner : Pourquoi ce
grand férieux ? — Pour quelle raifon es-
tu même trifte, ma chere Bianca ?

B I A N C A.

Je réfléchis à cette foirée.

BONAVENTURI. (*Devenant attentif.*)

A cette foirée ?

BIANCA (*En branlant la tête d'un air férieux.*)

Ha, c'eft une nuit folemnelle, Bonaventuri, la nuit d'aujourd'hui. Non, pas tant pour elle-même.... à moins qu'elle ne fût encore.... qu'à caufe de fon fouvenir.

BONAVENTURI.

Je ne te comprends pas, ma chere époufe.

BIANCA.

Ce qui me peine affez ! L'on n'oublie pas fi facilement le jour anniverfaire de fa naiffance, ou celui de fon ami ; & la nuit préfente fut un jour la nuit anniverfaire de notre union conjugale.

BONAVENTURI.

Oui ?

BIANCA.

Il y a deux ans qu'en me reſſouvenant de notre tendre converſation, avec un friſſonnement, qui paſſoit à travers les os, je trouvai la porte de la maiſon paternelle fermée. — Je retournai — & tu ſais dans quels bras je me jettai !

BONAVENTURI. (*Poſant ſa main ſur ſon bras à demi nu, & ſouriant.*)

De quoi tu ne te repends pas à ce que j'eſpere ?

BIANCA. (*En le fixant d'un regard qu'il a peine à ſoutenir.*)

Et dont je n'oſerois me repentir ! — N'eſt - il pas vrai, Bonaventuri ? Tu m'aimes encore ? (*Elle le ſaiſit par la main.*)

BONAVENTURI.

Comment Bianca peut-elle faire une pareille demande ?

BIANCA. (*Le tenant toujours par la main , avec un regard encore plus sé-rieux & amoureux.*)

J'ose au moins demander si ton amour est encore aussi pur & aussi ardent qu'alors ?

BONAVENTURI (*Avec le ton d'une conscience qui se contraint.*)

Aussi pur & aussi ardent.

BIANCA.

En suis - je encore le seul objet ? — Non , Bonaventuri , ne cache pas da-vantage ton embarras ! Un coupable vaut encore mieux qu'un hypocrite. — Le seul objet ! Ha , je suis tombée sur le mot, que tu ne peux répéter ; tu extor-quois encore les précédens.

BONAVENTURI. (*Qui veut cacher sa confusion sous prétexte d'offense.*)

Extorquer ? Coupable ? Que signifie

cela ? Affurément j'ignore par où je mérite ce reproche.

BIANCA. (*En regardant vers le ciel.*)

Puiffances céleftes, & vous les faints
Martyrs, pardonnez ma foibleffe, faites
auffi que ce reproche puiffe être une
foibleffe & une erreur. = Mais malheureufement il ne l'eft pas ! — Bonaventuri,
pardonne-le à cette époufe, qui t'aime
plus qu'elle-même, fi elle décharge enfin
devant toi le fardeau de la trifteffe, qu'elle
a porté en fecret affez long-tems ! C'eft
cependant toi-même, qui m'impofe ce
fardeau ! — Bonaventuri, notre amour
n'eft plus dans fon entier, comme il étoit
autrefois ; plus fi pur, fi réciproque,
comme dans cette terrible nuit.

BONAVENTURI.

Au moins de ma part.....

BIANCA.

Mon ami, n'acheve pas de pronon-

cer ce menfonge! J'abhore toute bouche
menteufe, & je defire de pouvoir toujours aimer , & en même-tems eftimer
la tienne. Tiens, bientôt tu rougis, bientôt tu pâlis ; déjà tu bégayes, & tu de-
meures court , & cependant je n'ai pas
feulement encore prononcé le mot, avec
lequel je pourrois encore beaucoup plus
te faire changer de couleur , & bégayer.

BONAVENTURI. (*Toujours plus em-
barraſſé.*)

Quel mot ?

BIANCA.

Caſſandre Bongiani.

BONAVENTURI.

Caſſandre ? Qu'a-t-elle fait ? — Que
veus-tu dire avec elle ?

BIANCA.

Tu l'as voulu , & ma prédiction s'eſt
vérifiée !

BONAVENTURI. (*Reprenant courage.*)

Tu te trompes, Bianca, 'la rougeur que tu me reproches, & que je fens moi-même très-bien, ne prouve point ma honte, mais l'étonnement, & le jufte étonnement de voir que mon époufe, qui penfoit autrefois fi raifonnablement, ait pu ajouter foi à un conte que quelques Pages défœuvrés, & gentilshommes de la Vénérie, ont feuls été capables d'inventer dans quelques jours d'oifiveté ; gens, qui font perfuadés que l'on eft amoureux de chaque Dame avec laquelle on danfe plus d'une fois un jour de bal, & à qui on dit, par-ci par-là, quelques paroles un autre jour.

BIANCA.

Tu perfiftes dans ton menfonge ? Les avertiffemens n'ont aucun pouvoir fur toi ? — Jufte ciel ! où en font venues les chofes ? Eft-ce là le même homme, qui

me juroit, il y a peu de tems, que la
durée même d'une éternité ne suffiroit
point à son amour ? Qui vouloit me
précéder dans l'abîme & à la mort ? —
Loin d'ici de plus longs détours ! crainte
qu'un plus grand crime de fourberie ne
tombe sur ta tête ; de peur que je ne de-
vienne moi-même la complice innocente
de cette offense. Tiens , regarde ! quel
est ce cachet ? (*Elle s'est levée pour aller
chercher une lettre qu'elle lui montre.*)

BONAVENTURI. (*Interdit.*)

Le mien.

BIANCA. (*En retournant la lettre.*)

Et l'écriture de cette adresse ?

BONAVENTURI. (*En soi-même.*)

Dieu , si c'étoit là la lettre égarée , qui
m'a tant causé d'inquiétudes ! — (*A
haute voix & tremblant.*) Elle paroît
aussi être la mienne.

BIANCA,

Et elle l'eſt réellement ! C'eſt la lettre écrite à une Dame, au ſujet de laquelle les Pages oiſifs, & les gentilshommes de la Vénérie, ſeuls te mettent dans la langue du public ! —— Bonaventuri, j'en fais ferment ſur l'Eternel, qui ſait & voit tout ; ce ne ſont ni mes perquiſitions, ni la ruſe de la jalouſie, qui m'ont pro-curé cette lettre ; la haine de tes enne-mis ſeule l'a dépoſée dans mes mains, & je te la rends telle que je l'ai reçue. Je n'avois qu'à l'ouvrir, il eſt probable que j'aurois alors eu des preuves convain-cantes de ton infidélité ; mais non ! Tiens, reprends-la.

BONAVENTURI. (*Comme s'il ſe re-veilloit après un réve, & examinant la lettre avec ſurpriſe & attention.*)

Comment ? — Grands Dieux ! — Bian-ca ! — Eſt-il poſſible ? Ce cachet ?

BIANCA. (*Avec un fourire amer.*)

Hé bien, oui ! il est encore dans fon entier.

BONAVENTURI (*Saififfant & baifant fa main avec tranfport.*)

Bianca, incomparable époufe ! Ange, qui m'abaiffe par l'ignominie ! — Si tu favois le contenu de cette lettre ! (*Avec un ton de repentir.*) Quels projets ? Quels défirs ? Quels fantômes ?

BIANCA.

Je n'en veux rien favoir ! Sans doute, il vaudroit mieux que cette lettre n'eut jamais été écrite, mais comme elle l'a été, qu'il n'en foit plus queftion ! (*Elle la brûle à la flamme de la bougie.*)

BONAVENTURI.

La plus généreufe époufe de l'univers ! (*Il veut l'embraffer, il fe retire*

en

en tremblant.) Non, je ne fuis pas digne
de te toucher ! (*Il fe jette à fes pieds.*)
Je ne fuis pas feulement digne de baifer
le bord de ta robe......

B I A N C A.

Bonaventuri ! mon époux ! leve-toi!
ne t'abaiffe point au-delà de ce que je
défire ! (*Elle le releve.*) Pourvu que
tu voles dans mes bras avec un repentir
fincere, avec une tendreffe renouvellée ;
alors ces bras ne t'auront jamais preffé
plus ardemment contre mon fein. (*Elle*
lui donne un baifer, & *elle le regarde*
fixement, il baiffe les yeux.) Tu ne
réponds pas, tu ne me regardes feulement pas ?

B O N A V E N T U R I.

L'oferois-je ? moi qui fuis à mes propres yeux le plus méprifable de tous les
hommes ?

BIANCA.

Ne parle plus de la forte ; aux miens tu es encore toujours le plus cher, le plus attrayant, l'unique. — (*En l'embraffant.*) O Bonaventuri , cette nuit eft en tout point digne d'être l'anniverfaire de cette nuit à jamais mémorable.... (*Elle répand quelques larmes.*) Que cette premiere larme foit confacrée aux délices de notre amour , & la feconde à la mémoire de mon pere, que j'aimois fi tendrement , & que j'ai cependant fi griévement offenfé ! — A un pere..... Hélas ! faut-il que chaque plaifir foit fi fubitement fuivi de mille chagrins, que.... (*Elle fe tourne tout-à-coup vers Bonaventuri , qu'elle menace tendrement.*) Méchant , cher & cruel époux , que ne t'ai-je pas facrifié ?

BONAVENTURI.

Vraiment oui , beaucoup ! Patrie ,

parens, richesses, rang & sûreté, furent
immolés pour partager avec moi le ban-
nissement, la misere, & une basse condition, & moi.... moi.... Ah!...

B I A N C A.

Mon cher Bonaventuri, tout ce qui
vient d'être cité choque en effet l'o-
reille ; il étoit autrefois assez difficile
à supporter, sur-tout au commencement ;
mais il m'étoit cependant moins à charge
que mon sort actuel.

BONAVENTURI. (*Qui prend un sens*
contraire.)

Dès ce moment, il ne donnera plus
à l'avenir le moindre sujet de plainte,
ni d'inquiétudes.

B I A N C A.

Non ? En es-tu bien assuré ? Connois-
tu ma situation dans son entier ?

BONAVENTURI. (*Qui est un peu frap-
pé de cela.*)

Ne pourrois-je pas la connoître? Quelle
particularité secrette me cache encore
Bianca ?

BIANCA.

La plus affligeante. — Oui , Bonaventuri, il est absolument nécessaire que
j'arrache enfin le voile de tes yeux ; un
voile !..., J'ai peine à concevoir comment il n'est pas encore tombé de lui-
même depuis long-tems. — (*Avec un
regard fixe.*) Ou seroit-il peut-être déjà
levé? Aurois-tu peut-être seulement gardé
le silence par froideur ou par politique ?
Ce seroit une ignominie ineffaçable pour
toi , si cela étoit !

BONAVENTURI.

Je te jure que je ne sais ce que tu veux
dire !

BIANCA.

Hé bien, c'est la premiere & la seule fois que j'aime l'aveuglement de ta part, du moins je le préfere à une indulgence préméditée. — Apprends que ces mêmes foibles attraits, qui eurent autrefois le bonheur de te captiver, ont eu le malheur déja depuis long-tems d'exciter la passion de notre Grand-Duc.

BONAVENTURI. (*Surpris.*)

Comment, François t'aime ?

BIANCA.

Du moins il le dit.

BONAVENTURI.

Il t'aime ? François ? (*Une pause, & changeant de ton.*) Qui pourroit s'empêcher de t'aimer, ange sous la figure d'une femme ! Ange, qui dans cette enveloppe corporelle conserve encore

la splendeur de son origine céleste ! —
(*En se laissant tomber sur sa chaise,*
& en appuyant sa tête.) François;
t'aime ? Toi ? — Combien cela est
naturel ! & cependant terrible pour moi !
— (*En se frappant sur le front.*) Ah,
maintenant je comprends tout ! — tout,
crois que je ne l'ai pas compris plutôt! '
—— Mais d'où le sais-tu ? de lui-même ?

BIANCA.

De lui-même ! Ho, je le savois depuis long-tems ! Déja dans le tems que
je me retirai si essoufflée dans notre petite chambre obscure ; que je te priai
avec tant d'instances de te sauver une
seconde fois avec moi, parce que je l'a-
vois vu & je lui avois parlé ; il me déclara déja son amour dans ce premier
entretien.

BONAVENTURI. (*Précipitamment.*)

Et tu m'en fis un secret ?

BIANCA.

Que t'auroit fervi de le favoir ? à exciter ton foupçon , ta jaloufie ? A t'inquié-
ter , & à ne te pas déterminer ? — In-
terroge-toi, Bonaventuri ; lorfque tu reçus
fon invitation avec une fi grande joie ,
une femblable confidence t'auroit-elle
détourné de ce dangereux fentier , dont
je te défendis d'ailleurs fi inftamment &
fi infructueufement l'entrée ? — Par cette
raifon j'enfevelis ce malheureux fecret dans
mon fein ; mais je jurai en même-tems
que l'attente de ce Prince feroit trompée.
Je penfai en moi-même que les grands
n'étant point accoutumés à la froideur
& au refus, il fe lafferoit de prodiguer
fa tendreffe & fon amour à une femme ,
qui ne veut en aucune façon faire fon bonheur, comme l'on a coutume de dire en
pareil cas. Comme Prince , il fera payé de
de fes dons & de fes bienfaits par beaucoup d'eftime & de reconnoiffance , mais

comme un homme, jamais je ne répon-
drai à fon amour ! Voilà le ferment que
je fis, & je l'ai tenu.

BONAVENTURI.

Et tu ne prévoyois pas, charmante Bianca, que ces mêmes principes, qui devoient
modérer fa paffion, ne feroient que l'é-
chauffer davantage ? Que juftement cette
réfiftance peu commune enchaîneroit
un amant, fi plein d'ardeur, plus fortement dans tes fers ?

BIANCA.

Homme fingulier, quel autre parti me
reftoit-il que la réfiftance ou l'acquiefce-
ment ? Aurois-tu donc préféré que je
me fuffe décidée pour le dernier ?

BONAVENTURI.

Bianca !

BIANCA.

Il eſt vrai qu'en ce cas ta recherche
pour la belle veuve auroit été plus certaine, ton bonheur à la cour plus con-
ſidérable. Il eſt vrai qu'en ce cas.....

BONAVENTURI.

Bianca, je t'en prie par ce qu'il y a
de plus ſacré, épargne-moi cette raillerie ! Ma faute eſt déjà aſſez cruellement
punie, & je n'ai jamais encore entendu
de ſemblables paroles de la bouche de
Bianca.

BIANCA.

Et tu n'en entendras plus à l'avenir. —
Conviens donc que ton objection précédente étoit injuſte.

BONAVENTURI.

Injuſte ! Déraiſonnable ! Plus que
déraiſonnable ! Pardonne-moi l'état dans

H. 5.

lequel tu me vois ! Pardonne mon déféf-
poir, je ne fais à quoi me réfoudre !

B I A N C A.

Je connoîtrois bien un expédient; mais
pour en faire ufage, il faut du courage
& de la réfignation.

B O N A V E N T U R I.

Parle, indique le moi ; & tu verras
que je ne manque ni de l'un ni de l'autre.

B I A N C A.

J'aime à t'entendre parler de la forte ;
il me paroît cependant néceffaire qu'auparavant j'acheve le récit de l'inclination
du Grand-Duc pour moi. — Lis cette
lettre ! elle te fera connoître qu'il emploie tout ce qui dépend de lui pour
ébranler ma vertu ; il me laiffe le choix
de tout , dès que je me décide en fa faveur , le choix de pécher clandeftine-
ment, ou de faire parade de mon infâ-

mie comme favorite déclarée. — Le pauvre homme ! il ne préfume pas en moi
le fang d'une noble Vénitienne, ni celui
d'une Capello. Il me laiſſe maîtreſſe de
t'élever davantage ou de t'abaiſſer plus que
jamais, de punir tes intrigues amoureuſes avec Caſſandre , ou de m'en dédommager avec lui par la voie de repréſail-
les. — Voici la lettre que je reçus avant-
hier ! conçois-tu à préſent pourquoi je
refuſai abſolument de paroître à ſon
bouquet de chaſſe ? pourquoi il ſe com-
porta , ſelon tes propres paroles , d'une
maniere ſi embarraſſée envers toi ? le conçois-tu réſentement ?

BONAVENTURI.

Ha ! je ne le comprends que trop.
Je reſſemble à un malheureux que des
voleurs ont traîné , les yeux bandés , dans
leur repaire , & auquel une main compatiſſante ôte le bandeau. Il a bien re-

couvré la vue ; mais il ne voit que des
images de frayeur.

BIANCA.

Je vais te faire voir , fous un autre
point de vue , les plans charmans d'un
amour certain & fatisfaifant. — Bonaventuri , fouviens-toi des tems de notre pauvreté : malgré cette indigence n'étoient-
ils pas les tems de notre félicité ? Le
fort ne nous ouvroit-il pas juftement alors
fes plus grands tréfors , quand il avoit
l'air de nous abandonner ? — Sou-
viens-toi de ce tranfport avec lequel
notre amour nous tenoit lieu de tout ; fouviens-toi de cette félicité avec laquelle
nous nous dérobions alors à notre travail , feulement pour quelques minutes,
pour nous livrer aux plus tendres em-
braffemens ; & dis-moi, avons-nous jamais joui de pareilles délices depuis que
nous fommes habillés de foie , & que
nous habitons des appartemens dorés &

tapiſſés de riche étoffe ? — Souviens-
toi de cette chambre obſcure ! hélas !
elle étoit ſuffiſamment éclairée , quand
nous avions nos yeux fixés les uns ſur
les autres , & quand notre amour réciproque les rendoit également étincelans :
avec du pain bis à une table avare , quel
délicieux contentement nous y reſſen-
tions ! ce convive ſi déſirable nous a-t-il
jamais viſité, depuis que la friandiſe couvre nos tables , & que la contrainte y
préſide ? — Ha ! mon cher , nous ſeuls
pouvons nous rendre riches ou pauvres,
heureux ou malheureux, faire que notre
cabane ſoit un monde , & l'univers
une ſimple chaumiere. Nous pouvons
rire des Princes, & même nous acquérir
plus qu'une principauté , dès que nous
le voulons ; il ne s'agit que d'y pourvoir
promptement pendant qu'il eſt encore
tems.

BONAVENTURI.

Et comment ?

BIANCA.

Myope, peux-tu encore faire pareille question ? Nous nous fauvâmes de Venife à travers de hautes montagnes , fans argent & fans protection , dans la crainte d'être pourfuivis : devons-nous actuellement refter à Florence , où la pourfuite eft réelle ?

BONAVENTURI.

Mais l'indigence qui nous fuivra , & qui vraifemblablement nous exterminera !

BIANCA.

Je ne la crains pas. Dieu merci , la moleffe n'a pas encore énervé nos corps ; ces pieds peuvent encore marcher & ces bras travailler. N'avons-nous pas à préfent affez d'argent & de bijoux ? Mettons-les en fûreté, & un ufage économique prolongera alors facilement notre vie jufqu'à des époques plus heureufes & moins dangereufes.

BONAVENTURI.

Ne nous pourfuivront-il pas ? Ne tomberons-nous pas dans leurs mains ? Ne ferons-nous pas ramenés ?

BIANCA.

Sans contredit fi celui qui eft plus puiffant que le Grand-Duc , que les Rois & les Empereurs , ne nous protege, ce feul Dieu plein d'amour ! mais il protégera certainement notre route. Lui qui nous a confervés dans de plus grandes calamités , il ne nous abandonnera pas dans ce moment de détreffe ; & fi toutefois fa fainte volonté n'étoit pas faite , — Bonaventuri, je fais mourir ; que craint celui qui le fait ?

BONAVENTURI. (*En l'embraffant.*)

Bonaventuri le fait auffi ! Bonaventuri préfere auffi une maifonette couverte de paille, où il puiffe repofer en.

fûreté dans les bras de Bianca, à un brillant palais, à la porte duquel les foucis
font plus exactement fentinelles que les
fuiffes les plus vigilans.

BIANCA.

Si tu parles vrai, Bonaventuri, nous
fommes fauvés ! la troifieme nuit ne nous
trouvera pas alors à coup fûr à Florence.

BONAVENTURI. (*Un peu étonné.*)

La troifieme nuit ?

BIANCA.

Ou la prochaine, fi tu aimes mieux.

BONAVENTURI.

Je ne crains que · · · ·

BIANCA.

Qu'y a-t-il encore ?

BONAVENTURI. (*Après une pauſe
de quelques ſecondes.*)

Tiens, ma chere, je te le répete, ni
l'horreur de la pauvreté, ni la peur de
mourir ne m'empêcheront de fuir avec toi;
mais une ſeule crainte, celle du déshonneur, & c'eſt juſtement à raiſon d'elle
qu'il me ſemble que nous ne pouvons
faire une auſſi grande diligence que nous
le déſirerions.

BIANCA.

Quel déshonneur ?

BONAVENTURI.

Tu ſais que l'apparente confiance du
Grand-Duc en mes talens m'a confié
pluſieurs ouvrages de la derniere importance; fuir avant qu'ils fuſſent achevés
auroit l'air d'une perfidie, & mettroit une
épée à deux tranchans entre les mains de
nos ennemis.

BIANCA. (*Secouant la tête.*)

Auroit l'air d'une perfidie ? Et attendre qu'ils fuſſent achevés te paroît prudent & facile ? — Pardonne-moi , Bonaventuri , ſi ce prétexte produit un doute indiſpenſable ; — c'eſt la feinte ou la puſillanimité qui te font tenir ce langage.

BONAVENTURI.

Il ſe peut que tu me méconnoiſſes dans ce moment.

BIANCA.

Il eſt au contraire poſſible que je te connoiſſe d'autant mieux. — La nature t'a doué de tant d'admirables talens ; mais , par malheur , elle leur a allié la crainte de renoncer à un avantage quelconque , & de te décider trop ſubitement. Cher époux, pourquoi ceſſes-tu ſi ſouvent d'être tout-à-fait un homme ? Pour-

quoi faut-il que ta propre épouse te donne de si fréquentes leçons ? Ce ne fut
qu'avec beaucoup de peine & à l'aide
de la toute-puissance de l'amour que je
t'engageai à quitter Venise ; à présent
accoutumé à un état brillant & à la mo-
lesse, il sera encore plus difficile de t'engager à faire le sacrifice de tous ces biens
apparens, qui te paroissent si importuns,
quoiqu'ils soient méprisables dans le
fond........ Bonaventuri, ce n'est qu'avec
peine que je retiens un torrent de larmes ; — si notre entretien étoit d'une
plus longue durée, je serois forcée de
leur donner un libre cours, remettons
donc la partie à demain ! Je te conjure
seulement de réfléchir : s'il est de la
saine prudence d'attendre ici , où le danger de la séduction nous menace de
toutes parts, jusqu'à ce que nous suc-
combions, ou que notre résistance excite l'ennemi à la violence & à la vengeance. — Je suis garante de ma ferme-

té ; mais homme à ame de cire & à esprit fougueux, qui te répondra de toi-
même ? (*Elle veut se retirer dans l'appartement voisin.*)

BONAVENTURI (*La retenant.*)

Ma chere, mon adorable Epouse, où
veux-tu aller ?

BIANCA.

Laisses-moi seule pendant quelques minutes ; tu connois la nature de ma tristesse : je t'ai fourni assez de sujets de
t'entretenir avec toi-même.

(*Elle s'en va.*)

En effet, elle lui laissa assez de ma-
tiere à réflexions, & elle ne s'apperçut
que trop tôt qu'elle ne s'étoit pas trompée dans ses tristes conjectures. L'im-
pression que cet entretien & la conduite de Bianca firent sur Bonaventuri, étoit profonde, sans doute : l'assu-

rance du fentiment de fon indignité &
du renouvellement de tout fon amour
précédent étoit également des plus fin-
.ceres ; mais il reffembloit à un combat-
tant à qui un javelot ennemi eftropie
la jambe ; il chercheroit volontiers fon
falut dans la fuite , mais il ne peut fuir :
les douleurs de fa plaie le font retomber
à terre chaque fois qu'il fe leve. — Jufqu'à préfent favori du Prince, & renoncer ainfi à tout ce qui brille avec tant
d'éclat, quoiqu'avec fi peu de réalité ;
non , il ne put s'y réfoudre de fuir avec
elle ; il temporifa toujours. Bianca l'aver-
tit de fe décider ; il promit , & refta
conftamment où il étoit.

Cependant le fort ne fe rebuta point,
il continua de l'avertir ; il voulut lui en-
lever , pour ainfi dire , le motif de chaque difficulté pour l'avenir , comme s'il
avoit manqué d'occafion de réfléchir fur
fon bonheur non mérité. Il avoit négligé
d'écouter les trop raifonnables avertiffe-

mens de fa chere moitié ; il ne pouvoit négliger tout-à-fait d'écouter le plus férieux des prédicateurs ; il l'appella en quelque façon lui-même auprès de lui.

Un jour que Bonaventuri alloit à la Meſſe, en defcendant de voiture à la porte de l'Eglife, il entendit à peu de diftance une voix qui ne lui étoit pas inconnue, & qui crioit : ventre-bleu, c'eſt lui ! Il regarda continuellement de ce côté, & il remarqua parmi une foule de monde un homme en redingotte de voyage qui fe cachoit : cependant il le reconnut d'abord pour Martelli, fon ancien ami.

Bonaventuri avoit penfé mille fois à lui, le tout cependant fous différens rapports. Dans les jours d'angoiſſe, il fe reprochoit vivement de n'avoir pas fuivi fes fages confeils ; dans ceux de fa fplendeur, il defiroit de lui étaler fa magnificence, & de pouvoir faire parade du courage avec lequel il s'étoit élevé à un

état d'opulence & de dignité. Préfentement qu'il le vit par hafard, il auroit
volontiers couru à lui à travers la foule;
il l'auroit volontiers embraffé & emmené
avec lui à la vue de tout le peuple; mais
fon orgueil fe réveilla fubitement, & la
crainte de fe faire remarquer l'emporta
fur cet empreffement d'amitié. Il fortit
de l'Eglife, & fe contenta de faire figne
à un de fes laquais, à qui il dépeignit les
habits & la figure de Martelli, & lui ordonna de l'amener dans fa maifon, s'il
pouvoit le déterrer.

Suppofer de la dévotion à un courtifan, — bien entendu dans le cours
ordinaire de la vie, — ce feroit, je
l'avoue, un grand ridicule; mais,
dans celui-ci, Bonaventuri en eut
encore moins que dans toute autre occafion. Lorfqu'il fut de retour, il trouva
fon Emiffaire au bout de quelques
heures, qui l'affura n'avoir pu découvrir Martelli, malgré les recher-

ches les plus exactes. Alors, son impatience augmenta ; il dépêcha plusieurs autres couriers pour le déterrer, & ce ne fut qu'au bout de trois jours qu'un d'eux amena Martelli, qui témoigna d'ailleurs que, ni la recherche, ni la découverte n'avoient fait une grande senfation fur lui.

Dès que Bonaventuri se vit feul avec fon ancien ami, il l'aborda les bras ouverts, l'embraffa, & lui reprocha de s'être fait chercher fi long-tems, de s'être même caché, afin de le fruftrer du grand defir qu'il avoit de le voir.

» Comment aurois-je pu (répondit tranquillement Martelli) fuppofer le defir de me voir à un homme qui, depuis notre féparation, connoiffoit parfaitement le lieu de mon féjour, tandis que j'ignorois le fien, dont les lettres me feroient parvenues fans faute, tandis que les miennes auroient été infruétueufes, & qui n'a cependant daigné ni s'infor-

mer

mer de moi , ni m'écrire ? D'ailleurs ,
Bonaventuri , tu me pardonneras , l'air
de la Cour peut avoir son bon côté pour
plusieurs ames fortes ; mais la voix commune assure qu'il fait perdre la mémoire ,
sur-tout la mémoire de ses anciens amis. «

BONAVENTURI.

Tu vois la preuve du contraire ! ô
Martelli ! si tu pensois que le plus grand
bonheur de la Cour puisse étouffer en
moi les devoirs de l'amitié , tu me mé-
connoîtrois fort , ou plutôt tu ne m'aurois jamais connu.

MARTELLI.

Je me réjouis de mon erreur ! Il n'ar-
rive que trop souvent de trouver
les hommes plus méchans qu'on ne
les croyoit ; c'est quelque chose de rare ,
& par là même d'autant plus agréable
quand on les trouve meilleurs qu'on ne s'y
attendoit pas. — Cependant j'avoue fran-

chement, Bonaventuri, que quand même
j'aurois préfumé retrouver en toi des
fentimens d'amitié, j'aurois peut-être ni
plus ni moins paffé devant toi fans te
faluer.

BONAVENTURI.

Par quelle raifon ?

MARTELLI.

Rien n'eft plus contraire à l'amitié
des freres que la fubite élévation de
l'un, & la médiocrité permanente de
l'autre ; & ceux entre lefquels s'ouvre
un gouffre trop profond, font fouvent
féparés pour toujours.

BONAVENTURI.

Même auffi quand l'on peut combler
ce gouffre ? —— Hé bien ! qu'il foit donc
rempli ! Mon ami, viens jouir à préfent
de mon bonheur, de mes richeffes & de

mon crédit dans l'Etat , comme s'il nous
étoit tombé un héritage en commun.

MARTELLI.

L'offre eſt , j'en conviens , celle d'une
ame généreuſe ; c'eſt une amitié que j'ap-
précie d'après ſes mérites ! cependant tu
ne trouveras pas mauvais que je refuſe
de l'accepter, pour ne pas agir inconſi-
dérement : il eſt de certaines coupes
d'une boiſſon mêlée ! celle d'en haut eſt
douce comme le miel, celle du fond amere
comme de l'abſynthe.

BONAVENTURI (*changeant de couleur.*)

Je comprends. — Enviſages-tu ma
place comme dangereuſe ?

MARTELLI.

Je la regarde comme la place de la fortune même.

BONAVENTURI.

Et en conféquence ?

MARTELLI.

Et en conféquence ! ô Bonaventuri !
oublies-tu donc que la fortune pofe fur
une boule.

BONAVENTURI. (*Qui pâlit en-*
core davantage ; mais qui cache fon
émotion par un fourire forcé.)

Je vois clairement que le laps de ces
deux années ne t'a point changé ; tu es
toujours l'ancien Martelli, qui ne pro-
nonce que des Sentences, qui ne vois que
foucis par-tout, qui court après des om-
bres épouvantables , & qui n'eft jamais
de l'avis des autres. Martelli, l'expérience
eft une bonne chofe : lire, voir autour
de foi & réfléchir font ordinairement
éclore la prudence ; mais la prudence de
plufieurs reffemble à celle du chat-huant

qui craint la lumiere , & qui ne niche que
dans les édifices ruinés.

MARTELLI.

C'eft une preuve que la mienne eft
femblable à celle du hibou !

BONAVENTURI.

Qui auroit plus de certitude de cette
preuve que moi-même ? Seroit-je ce que
je fuis fi je t'avois écouté ? Que trouvois-
tu de plus infenfé que mon amour pour
Bianca ? Je lui parlai & je gagnai fon
cœur. Qu'y avoit-il de plus téméraire
que d'afpirer à fa poffeffion ? J'entrepris
ce combat , & je fus victorieux. — Par
une inquiétude certaine je courus après
le fort le plus incertain : mais les jours
d'épreuve devinrent en peu de tems ceux
d'une efpérance flatteufe ; cet efpoir fe
changea bientôt en réalité. — Rien de
tout cela n'auroit pu fe flatter de l'applau-
diffement de ton éternelle circonfpection?

I 3

Que m'aurois-tu peut-être encore conseillé si tu avois été présent & auditeur de la miffion que me fit faire le Grand-Duc dans cet état d'indigence ?

MARTELLI.

De t'éloigner ! je ne le nie pas , ou du moins de ne rien accepter de ce qui excite si puiffamment l'envie , de ce qui furpaffe si infiniment tes forces. — Bonaventuri , puifque tu as voulu me faire chercher, puifque tu as voulu t'entretenir avec moi , ou il faut que tu écoutes la vérité , ou que tu m'ordonnes de m'éloigner de toi pour toujours.

BONAVENTURI.

Demeure , & dis ce que tu voudras ! mais parle en ami.

MARTELLI.

Si je l'étois moins, cette fincérité deviendroit une imprudence. — T'appren-

drois-je quelque chofe de nouveau fi
je foutenois que l'étourderie même la
plus heureufement tournée n'eft pas moins
une étourderie ? Après la réuffite de
dix témérités, peut-on prudemment en
hafarder une onzieme ? Peut-on d'avance
prudemment fe vanter de fon fuccès ?
— Le confeil que je te donnai autrefois
eft-il méprifable ? Et fi de ma foibleffe
préfente tu conclus de celle de l'avenir,
ta conclufion eft-elle raifonnable ? Peux-
je examiner ces deux queftions plus attentivement ?

BONAVENTURI.

Si tu le trouves à propos, pourquoi
non !

MARTELLI.

Tiens, Bonaventuri, lorfqu'autrefois,
pauvre Commis du comptoir de Salviati,
tu trouvas bon de diriger ton cœur & ton
inclination vers la riche & noble fille du

I 4

Sénateur Capello, devois-je crier bravo, ou arrête ? — Quand tu rendis Bianca, deftinée à faire le bonheur des principaux Véniziens, les délices de fon pere, l'or- nement de fa patrie, complice de tes pro- jets en l'air, après l'avoir amorcée & trompée, — te parlai-je autrement que conformément à la voix de ton cœur, lorfque je te criai : prends garde, mon ami, de devenir un fcélérat ? — Etoit-il prudent, étoit-il pardonnable devant un tribunal quelconque, foit de ce monde- ci, ou de l'autre, de voler le plus pré- cieux bijou de Venife ? — (*La mine de Bonaventuri annonce du mécontente- ment*). De voler ! dis-je avec raifon ; car je ne connois point d'autre terme pour cet enlévement nocturne (1) ; & lorfque tu fouffris dans l'indigence & l'obfcurité, — ce qui étoit, je te l'avoue, une très - indulgente punition, prévue d'avance, qui pouvoit t'autorifer à ac- cepter une offre que très-certainement

la fortune ne te faifoit pas férieufement,
puifqu'elle n'étoit appuyée fur aucun
mérite perfonnel, ni capacité extraordinaire? Nullement verfé dans les affaires
d'Etat, ne te doutant pas feulement des
fentiers périlleux de la Cour, comment
peux-tu efpérer d'avoir la force de t'y
maintenir?

BONAVENTURI. (*Avec un fourire plein d'amertume.*)

Combien les hommes, prudens d'ailleurs, peuvent fe rendre mal-à-propos
les chofes onéreufes par un excès de prévoyance! Te fouvient-il d'avoir entendu
un Philofophe qui nioit le mouvement,
& dont un autre Docteur taciturne ré-
futa les profonds raifonnemens, fimplement parce qu'il montoit & defcendoit.

MARTELLI.

Te comprends-je bien? Crois-tu peut-
être que ton fimple regard devroit m'an-

I 5

noncer que tu n'es pas tout-à-fait novice dans les affaires d'Etat, que tu as
affez de connoiffance de la Cour pour
t'y être maintenu auffi long-temps?

BONAVENTURI.

Véritablement il me femble qu'il pourroit indiquer quelque chofe de femblable.

MARTELLI.

O Bonaventuri ! en ce cas je dois te
déclarer en termes fecs & durs quelle eft
la colonne qui t'a foutenu jufqu'à préfent ! par quel mérite on alla te tirer de
ta chaumiere pour t'introduire dans un palais ! Bianca, Bianca feule fit tout cela :
non pas un preffentiment de ta fcience,
mais un regard fugitif dans fes yeux fut
la caufe que François défira de te connoître plus particuliérement ! Ce n'eft
pas toi qui es fon favori, mais Bianca
eft l'objet de fon défir, peut-être déjà

fatisfait. — Tu rougis ! eft-ce d'étonnement d'entendre la vérité, ou de honte
que ton fecret eft fi connu ? — Je t'a-
voue, mon ami, qu'il feroit plus infàme
que les termes ne pourroient l'exprimer ;
ce feroit une flétriffure que vingt cor-
dons de la Toifon d'or ne pourroient
cacher ; d'avoir tout hafardé pour poffé-
der une femme, & de partager volontai-
rement enfuite fa poffeffion avec un
homme quelconque, fût-il un Prince ,
— à quelque prix que ce puiffe être ,
fut-ce même une place de Miniftre ! Tiens,
je n'ai jamais aimé comme toi ; mais je
ne fupporterois pas une pareille profana-
tion de mon amour & de mon lit nuptial
pour un Empire.

BONAVENTURI.

T'ai-je laiffé achever tranquillement
& ai-je à préfent un droit égal à exiger
que tu m'entendes à ton tour ?

MARTELLI.

Vraiment oui , tu l'as.

BONAVENTURI.

Ainfi je réfuterai en peu de mots. Je n'ai point enlevé Bianca : enfermée hors de la maifon paternelle ; elle fe jetta dans mes bras une nuit où je ne fongois à rien moins qu'à la fuite : c'eft la pure vérité ; j'en prends S. Antoine à témoin ! — Je ne pouvois rien favoir de l'amour du Grand-Duc lorfqu'il me fit appeller à la Cour. Un fingulier hafard nous fit faire la connoiffance de Mandragon ; j'attribuai à l'humanité & à la compaffion ce que j'ai appris par la fuite n'être que l'effet de la rufe & de la fourberie. Je péchois grof-fiérement en fuppofant de la vertu à un Courtifan de l'efpece de Mondragon ; cela étoit cependant pardonnable à ma foible connoiffance du monde : le ciel fait que je dis vrai. — Enfin , pour te protefter le tout par ferment ; ce n'eft que depuis peu de jours que je connois l'amour du Grand-Duc pour Bianca ; que c'eft elle-même qui m'en a informé, elle dont la vertu refte iné- branlable à toutes les attaques & amor- ces, qui, exempte de la corruption de l'air de la Cour & de la molleffe, me propofe même de fuir une feconde fois avec elle ; ce que je crois cependant inutile, parce que l'amoureux Grand- Duc ne deviendra jamais un tyran. Bianca a pu lui plaire la premiere ; mais dans la fuite j'ai certainement eu part à fa faveur.

MARTELLI. (*furpris.*)

Comment, Bonaventuri, ai-je bien compris ? Bianca elle-même t'a découvert la premiere l'amour du Prince ; elle t'a propofé de s'y fouftraire par la fuite ?

BONAVENTURI.

Elle-même !

MARTELLI.

N'eft-ce pas une rufe du beau fexe ?
Seroit-ce quelque chofe de plus qu'un
prétendu ornement de vertu?

BONAVENTURI.

La chofe eft véritable ! les lettres de la
main du Prince font en mon pouvoir ;
elle y répondra à ma volonté ! Dans le
même-tems où mille femmes m'auroient
tourmenté par jaloufie, m'auroient puni
par une infidélité à caufe de mon incon-
tance, elle étoit chafte & douce comme
un ange ; elle a dédaigné d'être la favorite
de François pour refter mon époufe.

MARTELLI.

Vraiment oui , en ce cas elle eft plus
qu'une femme ordinaire ! elle mérite plus
qu'un amour commun ! —— A préfent
je te pardonne toutes ces folies de Venife ; je te pardonne ton extravagance &

ta fuite. Mais je laisse le soin à Dieu & à
ta conscience de te pardonner une chose ;
je te condamne à mon tribunal.

BONAVENTURI. (*Etonné.*)

Quelle est cette chose ?

MARTELLI.

Que tu oses encore t'hasarder de rester
ici ! Comment ? tu possedes un tresor pré-
férable à un royaume, un belle, une très-
aimable & vertueuse épouse ; tu connois
la passion d'un Prince puissant, & tu vas
attendre jusqu'à ce qu'elle te soit enlevée
de force, ou que la fourberie te la pro-
fane ? —— Que Bianca soit aussi chaste
qu'un Ange, penses aussi que jadis les
Anges ne résisterent pas à chaque tentation ! La friandise des tables les plus
délicieuses peut-elle te séduire ; les riches peuvent-elles te tenter, les emplois
honorables t'amorcer, même le repos te
délasser, tant qu'une crainte continuelle,

une incertitude dangereuse & menaçante
t'environne de toutes parts ? Fuis, évite
une route où des foſſés inévitables s'of-
frent à toi au milieu de ta route : tu dois
avoir pluſieurs moyens pour te retirer
dans un état de médiocrité , & à l'abri
de l'indigence ; profite à préſent de · · · ·

Un Exprès du Grand-Duc , que les
laquais de Bonaventuri ne pouvoient ſe
diſpenſer de faire entrer , malgré l'ordre
précis qu'ils avoient reçu de leur maître
de le laiſſer ſeul avec Martelli , vint interrompre leur entretien. Bonaventuri
ordonna de conduire ſon ami dans un
appartement de ſon palais ; il promit de
réfléchir ſur le conſeil de Martelli, & de
délibérer ſur d'autres affaires avec lui le
lendemain au déjeûné. Martelli ſe fit
long-tems prier avant d'accepter cette
offre d'hoſpitalité ; cependant il céda. Il
convint lui-même , en entrant dans ſa
chambre , qu'à la vérité le conſeil qu'il
avoit donné à ſon ami étoit bien réflé-

chi ; mais qu'il exigeoit trop de facrifi-
ces & trop de force d'ame : ainfi il n'ef-
péroit que peu ou rien de leur prochain
entretien ; & fon peu d'efpoir étoit
fondé.

Cependant la conformité du confeil
de Bianca & de Martelli ébranla vivement l'ame de Bonaventuri ; il connoiffoit lui-même l'incertitude de fa pofition ,
ainfi que l'ignominie d'un plus long féjour ; mais l'éclat de fon rang , les amor-
ces de la molefle , la douceur de la vie
de courtifan···· Il s'efforça de fe vaincre lui-même , autant qu'il put , mais
inutilement ; il eut enfin de nouveau recours à cette confolation favorite des
ames foibles — au délai.

Lorfqu'il protefta le lendemain matin à
fon ami — ce qui étoit exactement — qu'il
avoit veillé & réfléchi pendant la moitié
de la nuit ; lorfqu'il ajouta qu'il trouvoit
beaucoup de loyauté dans le jugement
que Martelli avoit porté la veille , &

beaucoup de fageffe dans fon confeil ,
& qu'en conféquence il étoit fermement
réfolu de renoncer à la vie de courtifan
dans l'efpace d'un mois , Martelli ne put
s'empêcher de fourire , & en fouriant un
peu amérement il s'écria :

» Fermement réfolu ? dans l'efpace
» d'un mois ? — Lorfque la porte de la
» prifon s'ouvrit devant S. Pierre, lorf-
» qu'une voix lui commanda de fe
» ceindre & de s'en aller , attendit-il
» jufqu'au lendemain ? Ne fit-il pas
» auffi promptement qu'il put ce qu'il
» trouva utile de faire ? «

Bonaventuri rougit un peu ; il s'étoit
cependant préparé , finon à cette même
queftion , du moins à une équivalente
de la part de Martelli : ainfi il eut recours au prétexte allégué déja à fon
époufe , celui des travaux dont il étoit
chargé , & que fa confcience lui pref-
crivoit de finir , à la néceffité de pourvoir à fon entretien futur de quelqu'au-

tre maniere. Son raisonnement étoit
assez plausible ; mais il n'en imposa pas
à Martelli.

   » Tu ne trouveras pas mauvais, ré-
» pliqua-t-il, qu'un homme qui a si
» souvent passé le Carnaval à Vénise ,
» se soit accoutumé à se défier des mas-
» ques. Je n'ai point connoissance de
» tes travaux , conséquemment je ne
» peux en raisonner. J'approuve ta pré-
» voyance , si elle s'exécute avec modé-
» ration ; mais je connois encore autre
» chose (*en désignant le cœur*), & je
» crains, qu'à l'exemple d'un oiseau qui
» pourroit s'arracher à la verge engluée
» & qui reste dessus, parce qu'il regrette
» la perte de quelques plumes, tu ne
» quittes ton poste que lorsque le Vau-
» tour viendra t'en arracher. Adieu ,
» mes affaires m'appellent à Ravennes ;
» si tu te décides à la retraite & au re-
» pos champêtre, & que tu désires un
» compagnon , communique - moi ce

» deſſein ; je quitterai tout ſans héſiter
» pour vivre & mourir avec mon ami
» devenu plus prudent : mais je ne ré-
» pondrai pas aux lettres du courtiſan,
» du favori , même du petit Grand-Duc,
» parce que mon ſentiment intérieur me
» détourne de cette athmoſphere. «

Bonaventuri fit l'impoſſible pour engager Martelli à reſter avec lui ; promeſ-
ſes de toute eſpece , proteſtations, vœux ,
en un mot tout fut mis en uſage, & en
vain. Martelli fut inébranlable dans ſa
réſolution ; il refuſa même d'être pré-
ſenté à Bianca , craignant de lui rappeller ſa fuite de Veniſe , dont le ſou-
venir n'auroit pu que l'attriſter. Il refuſa
également les cadeaux que ſon ami lui
offrit avec généroſité, partit & abandonna
Bonaventuri à ſon ſort ; car il prévit bien
qu'il ſe tourmenteroit inutilement pour
donner de la fermeté à cette ame foible.

Auſſi ſa prédiction ſe vérifia-t-elle. Le
mois expira , deux autres ſe paſſerent de

iême, & aucune lettre ne parvint à
avennes pour Martelli : mais il s'y ré-
andit d'autant plus de bruits finguliers ;
ar la cataftrophe approchoit de fa fin à
pas de géant.

Rien n'étoit plus naturel ! Dès que
Martelli fut parti & que Bianca, — qui
voit parlé affez haut — fe tut, déjà
oible par lui-même, il fut alors pouffé
l'extrêmité par un autre ennemi très-
ormidable, Caffandre Bongiani, deve-
e maîtreffe de fon cœur. Lorfque Bo-
aventuri jura à fon époufe de lui facri-
r cette coquette, fon ferment étoit
ellement fincere, fermement décidé de
éviter ; il tint parole pendant quelque
ms, & fe perfuadoit déjà qu'il avoit
ntiérement brifé fes chaînes. Mais Caf-
dre n'étoit point de cet avis !

Au contraire, le voyant difparoître au
oment qu'elle s'imaginoit s'être affurée
lui, elle devint furieufe comme un
n auquel on difpute fa proie ; elle vit

ſes intrigues interrompues, ſe douta des
meſures de Bianca, — & jura qu'elles
ſeroient ſans effet ! Elles le furent auſſi
Pendant huit jours elle ne ſe préſenta n
à la cour, ni dans une ſociété, afin d'
paroître le neuvieme avec d'autant plu
d'éclat. Bonaventuri fut ſaiſi quand il l
vit ; il ne l'avoit jamais encore vue auſſ
belle. Ses yeux étoient fixés ſur lui ; il
jouoient l'amour ! Elle lui adreſſa la pa
role ; ſes diſcours feignirent la tendreſſe
Le pauvre Bonaventuri étoit déjà chan
celant : un billet gliſſé ſécretement, (i
ne ſavoit lui-même par qui), acheva ſ
défaite. Ce billet, ſans adreſſe & ſan
ſignature, contenoit ce qui ſuit :

» Un homme déjà paſſablement riche
» entendit parler d'un tréſor qu'un eſ
» prit gardoit ; une telle avidité de cett
» nouvelle poſſeſſion s'empara de lui
» qu'il jura de ſe l'approprier à quelqu
» prix que ce fût. Il manda des Exor
» ciſeurs de loin, & roda jour & nui

» autour de l'endroit indiqué. L'efprit
» fit une longue réfiftance ; enfin une
» voix enrouée prefcrivit au chercheur
» de fe préfenter le jour fuivant à minuit.
» Cet homme veilla jufqu'à la cinquan-
» tieme minute après onze heures , fe
» trouva alors fatigué & affoupi , il s'en-
» dormit , & il négligea d'entendre fon-
» ner l'horloge. N'étoit-il pas un imbé-
» cille ? Il a fouvent regretté fa négli-
» gence dans la fuite ; il s'eft même fou-
» vent préfenté pendant fix nuits confé-
» cutives au coup de minuit ; mais ni
» repentir, ni veille , ni exorcifme ne
» purent réparer fa faute : l'efprir ne re-
» parut plus ; mais il fit fouvent enten-
» dre fes ironiques éclats de rire. — Pa-
» reffeux, qui es fi près de la douzieme
» heure, peux-tu interpréter cette fable ?«

Quand bien Bonaventuri n'auroit pas
reconnu la main de Caffandre , qu'elle
avoit eu foin de contrefaire , comment
auroit-il pu héfiter un moment de ne pas

voir en elle l'auteur de ce billet ? Mais
il étoit bien plus embarraffé pour fe décider fur ce qu'il feroit ou ce qu'il ne
feroit pas. Le devoir & la paffion lutte-
rent pendant long-tems : la victoire fe
décida enfin comme à l'ordinaire. Caffandre revit le fugitif à fes pieds ; & par
crainte de ne pouvoir le garder affez....,
Je laiffe le foin à mes Lecteurs d'expli-
quer à fa maniere ces traits de plume.

Toute la Cour foupçonna bientôt fon
bonheur , & on fe le racontoit à l'oreille
dans les fociétés avec une haine & une
jaloufie redoublées. Bianca ne fe livra ni à
la haine, ni à la jaloufie ; mais fon accablement fut d'autant plus grand. » Je n'ai
» point mérité cela, difoit-elle fouvent
» en foupirant, lorfqu'elle étoit feule,
» ayant en même-tems les yeux fixés vers
» le ciel ; — je n'ai point mérité cela ! — je
» ne le mériterai pas non plus à l'avenir ,
» ajouta cette ame généreufe. « Elle
étoit debout devant le tribunal de fon

propre

propre cœur, avec la mine fiere d'un
grand perfonnage dénoncé innocemment;
elle refta ferme dans la route de la vertu,
& rejetta toutes les nouvelles recherches
de fon Prince amoureux. Mondragon fit
jouer inutilement tous les reflorts de la
tentation : plus cette tentation étoit in-
génieufe, moins elle fervoit ; elles fe
terminoient toutes par attirer à Mondragon un regard d'indignation de la part
de fon Souverain , une raillerie amere
de la part de fon époufe, & de la fienne
propre un creve-cœur rongeant pour
toute récompenfe. Puiffe chaque Mondragon en recevoir un e pareille !

Mais à la longue la fcélérateffe furpaffe
ordinairement de beaucoup la vertu. —
» Si rien ne force cette forterefle à la
» reddition, penfa le courtifan en lui-
» même , hé bien , ma derniere mine
» fautera ! elle fera du moins une breche
» au rempart , & l'affiégeant faura en
» faire fon profit ! «

Caſſandre étoit d'une maiſon noble &
hautaine : parmi tous Robert Ricci, le
chef de la famille, & couſin de Caſſandre, étoit le plus fier ; c'étoit un homme
plein de feu & de ſentimens d'honneur ;
mais paſſionné pour la vengeance. Ses
manieres rudes, ſon ton bref dans le
parler, la franchiſe avec laquelle il di-
ſoit quelquefois la vérité, étoient cauſe
que ceux qui ne le connoiſſoient pas
particuliérement, le croyoient un homme
de probité ; mais la paſſion ſeule le portoit à jouer ce rôle là, ou la vengeance,
ou la paſſion, oſtentation & l'intérêt per-
ſonnel l'exigeoient ; & même il ſacrifioit
ſouvent les deux premieres à ce dernier.

L'amour de Bonaventuri pour ſa cou-
ſine, ci-devant la pupille de François
Ricci, pere de Robert, lui fut connu
d'abord à ſa naiſſance : cet amour lui
déplaiſoit infiniment, parce qu'aux yeux
de cet enthouſiaſte, à raiſon de ſes an-
cêtres, le favori, malgré ſon poſte élevé,

n'étoit cependant qu'un homme du peuple. Il avoit déjà fongé plufieurs fois à faire renfermer Caffandre ; mais les prieres de fon frere François Ricci, l'ami de Mondragon , & l'efpérance que fa famille feroit peut-être dans le cas d'en tirer un avantage réel, l'engagerent à fe taire pendant long-temps ; & il auroit certainement continué à garder le filence fur cet amour fcandaleux , en fe contentant de faire mauvaife mine à Caffandre , fi Bonaventuri eût affez de modération pour ne pas prendre garde aux regards de travers que Robert ne pouvoit fe difpenfer de lancer à fa coufine pour l'honneur de fa propre réputation , ou s'il avoit eu affez de prudence pour flatter d'ailleurs la vanité & l'intérêt perfonnel de ce valeureux guerrier.

Mais l'inconfidéré Bonaventuri , qui s'imaginoit tout avoir, parce qu'il poffédoit en apparence la faveur du Souverain, — lui-même devoit favoir que

ce n'étoit qu'en apparence ! — n'eût pas
feulement la prévoyance de mettre les
parens de fa maîtreffe dans fes intérêts,
afin d'aimer paifiblement. Sans parti qui
pouvoit l'appuyer, il dédaigna encore
celui qui fe préfentoit de lui-même. Car
lorfqu'un jour le jeune François le pria
inftamment de s'intéreffer pour lui auprès du Souverain touchant une demande
importante & preffante, il oublia d'en
parler au Prince, uniquement parce qu'il
ne vouloit pas fe faire attendre chez fa
maîtreffe, où il devoit fouper : une autre
fois il fut affez hardi pour prendre la
place de Robert lui-même à table ouverte ; & une troifieme fois il fe contenta de répondre avec mépris au falut
du cadet des freres Ricci, en baiffant
fimplement la tête.

Robert brûloit de rage ; Mondragon
s'en apperçut, & dit en lui-même : je
le tiens préfentement ! Un inconnu fut
chargé, à fon inftigation, de remettre

à Robert, lorsqu'il s'en retourneroit de la Cour, un billet, sur lequel étoient écrits les mots suivants :

» Caſſandre n'eſt pas Lucrece ; mais » Robert devroit être Brutus, — & tu » dors Brutus ? «

Il n'en falloit pas davantage ! Robert reprit alors la mine de chef de sa famille & de vengeur d'un honneur devenu équivoque. Juſques là sa contenance envers le favori avoit été honnête & indulgente ; il devint alors ſérieux : un jour il rencontra Bonaventuri en ſortant de l'antichambre du Grand-Duc ; cette rencontre arriva de maniere qu'il ne ſe trouvoit perſonne tout-à-fait près d'eux, pluſieurs étoient cependant à portée de pouvoir conclure de ce dont il s'agiſſoit, tant par les geſtes que par les paroles à moitié entendues du diſcours ſuivant :

Robert.

Je ſuis charmé que je n'ai pas perdu

mon tems en regardant après vous de
tous les côtés : décidez vous-même , M.
Bonaventuri , la querelle que j'eus hier
à votre fujet , favoir fi vous êtes natif de
Florence ou non ?

BONAVENEURI.

Certainement je fuis Florentin de
naiffance.

ROBERT.

D'ici ? de la ville ?

BONAVENTURI.

Affurément de la ville même.

ROBERT.

Cela me paroît extraordinaire , j'avois
peine à le croire.

BONAVENTURI.

Pourquoi non ?

ROBERT.

Parce que vous avez l'air de ne pas encore connoître suffisamment nos anciennes familles, leurs mœurs & leur façon de penser, comme un jeune homme né & élevé ici devroit les connoître.

BONAVENTURI. (*Un peu interdit.*)

Je ne les connois pas ?

ROBERT.

Vous ne connoissez du moins pas la très-ancienne famille de Ricci.

BONAVENTURI.

Comment l'entendez-vous ?

ROBERT.

Exprimons-nous bien, M. Bonaventuri ; il est plus que tems que nous nous expliquions enfin. Je me suis tu long-tems ; mais l'honneur de ma famille & l'intégrité que j'ai toujours professée, —

K 4

deux biens qui me font infiniment chers!
— deux biens pour lesquels je ne ména-
geai jamais ma vie même , soit dans les
combats , soit dans les escarmouches de
Cour , qui font encore beaucoup plus
dangereuses ! — me forcent de parler
préfentement.

BONAVENTURI.

Qu'avez-vous donc de si important à
dire ?

ROBERT.

Caffandre Bongiani eft ma coufine.
BONAVENTURI.
Je le fais.

ROBERT.

Comme orpheline, elle étoit autrefois
fous la tutelle de mon pere.

BONAVENTURI.

Qui en doute ?

ROBERT.

Elle me doit respecter & obéir par plusieurs considérations.

BONAVENTURI.

Réellement ? par quel droit ?

ROBERT.

Parce que je suis l'incontestable chef de sa famille.

BONAVENTURI.

Vous l'êtes ? hé bien , je vous en félicite ! (*Avec un sourire moqueur.*)

ROBERT.

Et cependant cette même Cassandre Bongiani est présentement à la veille de déshonorer elle-même , son sexe & nous tous.

BONAVENTURI. (*D'un regard
férieux.*)

De fe déshonorer?

ROBERT.

Déshonorer, dis-je, & cela par l'a-
mour aveugle qu'elle a pour vous; du
moins les apparences le font foupçonner,
& le public en murmure.

BONAVENTURI. (*Avec beaucoup de
chaleur.*

Morbleu! déshonorer! fe déshonorer
en m'aimant! Double infolent, fi j'avois
ici mon épée, fi nous n'étions pas dans
les appartemens du Prince!

ROBERT.

Vous appercevriez que la lame de
mon épée n'eft pas rouillée, ni fa pointe
émouffée.

BONAVENTURI. (*En souriant d'un air de mépris.*)

Parce que vous l'avez sans doute bien ménagée. — Mais pourquoi, si je puis le savoir, ou si vous savez vous-même ce que vous dites & à qui vous parlez.....

ROBERT. (*L'interrompant avec sang froid.*)

Je parle à M. Bonaventuri, & je lui parle d'infamie faite à ma famille.

BONAVENTURI.

Dites-moi, je vous prie, pourquoi un amour pour moi déshonore-t-il Cassandre, la belle & généreuse Cassandre, pour moi que S. A. S. honore elle-même de sa faveur.

ROBERT.

La faveur du Prince peut honorer,

K 6

elle ne donne cependant pas une goutte de fang plus noble au favorifé. Un noble militaire tel que moi ne plie pas le genou devant les divinités que le caprice du maître place fur l'autel pendant quelques jours. Nous ne reconnoiffons que deux efpeces de véritable nobleffe , l'hérédi- taire & celle acquife par des bleffures & le mérite : celle qui tire fa fource de l'indulgence du Prince ne peut valoir qu'à la Cour de ce même Prince , dans les antichambres & les feftins, mais non pour contracter des alliances.

BONAVENTURI.

N'avez-vous pas envie de dreffer par écrit un commentaire fur cette admirable théorie ?

ROBERT.

J'en laiffe le foin à ceux qui n'ont d'autre mérite que celui de gouverner une plume ; — mais quand cette différence d'extraction n'exifteroit pas, comment pourroit-on feulement concevoir l'idée d'une alliance entre Bonaventuri & Ricci, tandis que vous êtes le mari d'une belle & refpectable époufe ? — Prétendriez-vous en faire votre maîtreffe ? La, maudit foit celui des Ricci qui fouffrira cette infamie à l'égard de fa parente la plus éloignée. — Voilà mon fentiment ; j'efpere que vous vous arrangerez en conféquence.

BONAVENTURI.

Je vous réponds de m'arranger de façon que les oreilles vous corneront, & que le cœur vous tremblera : M. Robert, voici ma réponfe. — J'adore Caffandre, & je l'adorerai auffi long-tems que j'aurai un fouffle de vie. Je lui ai fait de fréquentes vifites, je les redoublerai à l'avenir, & je vous défie de m'en empêcher. Votre pere étoit ci-devant le tuteur de Caffandre ? Ha, je ne le fais que trop ;

elle s'en souviendra toute sa vie, puis-
que ses biens s'en sont ressentis. C'est
sans doute pour cela que M. Robert dé-
sire de lui faire rompre une connoissance
qui pourroit nuire à des administrateurs
peu fideles ; car il craint vraisemblablement ce qui sans cela seroit difficilement
arrivé, mais ce qui à présent ne tardera
pas à arriver ; il éprouvera, à son dé-
savantage, qu'il auroit été du devoir de
son pere de ne pas tremper ses mains
dans les biens de Cassandre ; il apprendra sous quelle protection elle est ! (*Il
s'éloigne avec précipitation.*)

ROBERT.

Mille diables ! en croirai-je mes oreilles ? il ose encore me menacer ; — lui ?
qui avant six mois auroit envisagé une
place de valet-de-chambre chez moi
comme une fortune ! me menacer ? moi,
devant qui il devroit s'abaisser, si toutefois il songe à faire son chemin ? — Ha !

j'en fais ferment, le godelureau n'en fera
pas quitte pour cela ; il apprendra bientôt fi je difois vrai lorfque je l'affurois
que plufieurs armes dirigées contre lui
n'auroient pas des pointes émouflées.
(*Il fort en colere.*)

La nouvelle de cette difpute fe répan-
dit bientôt par toute la Cour : perfonne
ne doutoit que la famille des Ricci ,
compofé d'un grand nombre de vaillans
jeunes hommes & d'anciens guerriers ,
ne laifferoit pas fans vengeance une pareille offenfe faite à leur chef, non plus
qu'un commerce avec leur parente dés-
honorant & publiquement connu. Bianca même , quand elle l'apprit (*Mondra-*
gon eut grand foin qu'elle en fut inftruite
fur le champ) avoit plus d'inquiétude
pour l'imprudent que de douleur , à raifon de fon propre outrage. Sa grandeur
d'ame ne lui permit pas de s'abaiffer au
point de lui faire encore une fois des

repréfentations & dés priétes de vive
voix ; mais elle le fit plufieurs fois par
des lettres , qui faifoient impréffion fur
lui pour une minute ; une impreffion
que le moindré regard de Caffandre , la
moindre ligne de la main de celle-ci effa-
çoit auffi-tôt.

Les prieres & les avertiffemens de
Bianca effectuerent cependant une feule
chofe fur lui ; ils l'engagerent à rendre
depuis ce moment fes vifites nocturnes à
Caffandre avec plus de précaution. Ni-
colas Bilocchi , un de fes amis de table ,
homme qui avoit continuellement le mot
de courage dans la bouche , & conféquemment , d'après le cours ordinaire
de la nature, peu dans le cœur, étoit
obligé de l'accompagner armé , & un
foldat de louage, Allemand de nation ,
les fuivoit tous deux. Lui-même fe mu-
nit d'armes de toute efpece , foit blanche , foit à feu ; fon courage naturel fit
que , d'après de femblables préparatifs ,

il se croyoit suffisamment en sûreté à toute heure de la nuit.

L'infortuné ! il ne savoit pas que justement ce misérable qu'il nourrissoit à sa table, étoit son ennemi le plus dangereux, soudoyé par de Ricci & de Mondragon, & traître à tous les trois.

Bonaventuri, accompagné de ses deux mercenaires, s'en retournoit un jour du mois d'Août, vers minuit, du palais de Strozzi, où le voluptueux avoit satisfait sa passion ; c'étoit une des plus charmantes nuits d'été : le ciel étoit serein, aucun nuage ne déroboit la clarté de la moindre étoile ; l'air étoit rafraîchissant, & souffloit très-agréablement. Hélas ! avec le souvenir des plaisirs passés & l'espérance des futurs, le pauvre Bonaventuri marchoit ses derniers pas. Ils arrivèrent au pont de la Sainte-Trinité : *piotina* ! cria une voix rauque, d'un côté de la riviere. *Piotina* ! répéta-t-on de l'autre d'une voix épouvantable. Nos trois

rodeurs commencerent à dreffer les oreilles, ils écouterent, & ils fe regarderent
les uns les autres avec grande furprife.

BONAVENTURI. (*A Bilouhi.*)

Qu'eft-ce cela ? que peut fignifier ce
cri inintelligible ?

BILOUHI. (*Avec une participation apparente.*)

Rien , j'efpere.

L'ALLEMAND. (*Sécouant la tête.*)

Je crains que cela ne fignifie beaucoup.
—Ecoutez , Monfieur , n'entendez-vous
rien ?

BONAVENTURI.

Comme fi l'on couroit.

L'ALLEMAND.

Ou plutôt comme fi l'on venoit. —
Ha ! ne le difois-je pas ? Regardez la

foule d'ennemis qui fe jettent de là fur nous !

BILLOUHI.

Ces gens font-ils juftement des en‑ nemis ?

L'ALLEMAND.

Leurs poignards le prouvent.

BONAVENTURI. (*En tirant fon épée, & jettant fon manteau en ar‑ riere.*)

Hé bien ! s'il faut fe battre , nous nous battrons. Sur toutes chofes gardons le dos libre ! — Placez-vous comme ceci , mes amis ! (*En leur défignant à chacun un pofte avec fon épée.*

BILOUHI. (*En foi-même.*)

Vraiment , fans doute ! je combattrois pour toi ? cela me paroîtroit fingulier ! (*Haut.*) Pardon ; je penfe qu'il vaut mieux me poſter comme cela. (*Il s'en-fuit.*)

BONAVENTURI.

Ha ! vaurien ! (*D'un regard ſoupçon-neux ſur ſon ſecond compagnon.*) Et toi ?

L'ALLEMAND. (*Ayant ſon épée hors du fourreau.*)

Je ſuis un Allemand.

(*Six à ſept hommes les entourent dans un demi-cercle, & à une certaine diſ-tance. Le Commandant fait quelques pas en avant & crie :*)

LE BANDIT.

Loin de là qui n'eſt pas Pierre Bona-venturi ! nous n'avons à faire qu'a-vec lui.

L'ALLEMAND.

Et avec moi ! Comprenez à mon langage que je ne fuis ni un Italien , ni une femme ! (*Il fè jette fur le Comman- dant, qui fe retire.*)

UN DES BANDITS.

Je te le répete , étranger , retires-toi !

L'ALLEMAND.

Retirez-vous vous-même, affaffin !

BONAVENTURI.

Voulez-vous la bourfe , des bagues, ou d'autres chofes précieufes ?

LE COMMANDANT. (*Souriant amére- ment.*)

Rien de précieux ; nous n'en voulons qu'à ta vie.

BONAVENTURI.

Hé bien ! vous n'aurez ni l'un ni l'au- tre ! (*Il fond fur eux avec fon compa-*

gnon , pour *ſe faire jour* , & *ils en*
bleſſent quelques-uns.)

UN DES BANDITS.

Courage, commis de Négociant, as-
tu autant profité dans l'art de faire des
armes , que dans le vil métier d'écor-
nifleur ?

BONAVENTURI.

Juges en par ce coup , bandit. (*En*
frappant contre lui & en l'attrapant.)

L'ALLEMAND. (*En tombant du*
coup d'un des bandits.)

Ha ! tu as réuſſis, ſcélérat ! — Mon
Dieu , ayez pitié de moi ! (*Il meurt.*)

QUELQUES BANDITS.

Et ſous peu nous réuſſirons encore
mieux.

BONAVENTURI.

Eſpoir, tu me quittes ; mais toi dé-

ſeſpoir, arme-moi de force ! (*Il ſe fait
jour juſqu'au coin d'une petite rue ; deux
nouveaux ſcélérats lui ferment le paſſage.*)
Ha ! elle eſt auſſi gardée ; les pointes
d'épées & la mort y ſéjournent auſſi ?
(*Il ſe tourne vers l'autre côté ; celui-ci
eſt auſſi garni.*) Infâmes & lâches aſſaſſins ? qui venez par douzaine contre un
ſeul homme ; en ce cas éprouvez·····
(*Une eſpece de javelot l'atteint par
derriere au jarret gauche ; il tombe ſur
ſon genou.*) Ah , Ciel !

LE COMMANDANT. (*Accourant*).

Te voilà enfin terraſſé ? — Vraiment,
tu es ſi courageux que j'ai compaſſion de
toi ; mais il faut que tu meure.

BONAVENTURI.

Du moins pas ſans vengeance (13).
(*Il raſſemble toutes ſes forces , ſe rele-
ve , & fend la tête du bandit.*) J'ai réuſſi !
— Hélas ! — (*Il tombe par terre , ſoit*

*d'épuifement , foit par les nouveaux
coups qu'on lui porte.*) Ho ! — ho ! —
(*Ils le déchirent.*)

UN DES BANDITS. (*Retenant les
autres.*)

Retirez-vous ! retirez-vous à préfent !
il en a affez , en voilà même trop ! Nous
étions chargés de le tuer , non pas de
l'écorcher. — N'avez-vous pas vu qu'il
étoit tombé fous mon coup, lorfque ,
brave comme un lion , il tuoit notre
Commandant ?

TOUS.

Nous l'avons bien vu !

LE PRÉCÉDENT.

Qui doit vous commander préfentement ? — Choififfez ici un nouveau
Commandant fur le champ de bataille !

TOUS.

Sois-le toi !

QUELQUES-UNS.

QUELQUES-UNS.

Sois-le dignement !

D'AUTRES.

Sois-le heureusement !

LE NOUVEAU COMMANDANT.

Je m'en rendrai digne, & j'espere aussi d'être heureux. — Par bonheur, je connois la besogne pour laquelle notre chef nous avoit amenés aujourd'hui. Elle consistoit à assassiner deux personnes, ou une & demie, si vous aimez mieux, un homme & une femme : l'homme est expédié, la femme vit encore: — Toi, Marco, & toi, Francesco, courez au domicile de Cassandre. Elle est belle & jeune ; mais elle le seroit encore une fois plus, il ne faut pas qu'elle voye le lever du soleil. — Courez à son logis ; un laquais de son cousin vous attend, il vous ouvrira la porte. — Eveillez-la pour la faire prier un *Pate* & un *Ave*, & donnez-lui alors le coup de mort. — Si les femmes-de-chambre font éveillées & crient, lâiffez-les vive, & ne fouillez point vos poignards.

MARCO ET FRANCESCO.

Nous te remercions de ta confiance ; nous aurions cependant plus de fatisfaction d'affaffiner un héros qu'une femme.

LE COMMANDANT.

On commence par des bagatelles, & l'on finit par de grandes actions. Courez ! nous nous rejoindrons auprès de la ftatue de Côme. — (*A l'un d'eux qui fe baiffe vers le cadavre de Bonaventuri.*) Rougis de honte ! je crois que tu veux piller ; laiffe ce foin au premier honnête bourgeois qui le trouvera baignant dans fon fang, & qui criera au fecours ! au murtre ! & aux Médecins. Partez, mes amis ! (*Ils s'en vont tous.*)

(*Chambre à couche de Caffandre.*)

CASSANDRE. (*Dor.*) FRANCESCO
& MARCO. (*Entrent.*)

FRANCESCO.

Doucement ! doucenent ! la voici.

MARCO.

Sur mon ame, c'est une belle femme !
es nôtres ne font rien en comparaison
'elle. Je t'en prie, regarde ce fein, ces
ianches, cette chair !

FRANCESCO.

Tu as raifon, elle est belle ; très-
'elle.

MARCO.

Dis-moi ! qu'en arriveroit-il fi nous..?

FRANCESCO.

La ménagions peut-être ? poltron !

L 2

MARCO.

Non pas, si nous en jouissions auparavant, voulois-je dire ?

FRANCESCO.

Fi ! jeune homme, cela s'appelleroit-
il agir honnêtement ? Notre Comman
dant nous a ordonné de la poignarder,
& non pas de la déshonorer.

MARCO.

Oui, sans doute, comme je vois, t
l'imites même dans ses paroles; mais com
ment l'apprendroit-il, si nous faisio
encore plus de bien qu'il n'a ordonné ?

FRANCESCO.

Fi ! fi, Marco ! il faut être de parol
dans ce monde, te dis-je, si l'on veu
faire son métier en honnête homme.

MARCO.

Epargnons-lui au moins la douleur

enfonçons-lui le poignard dans le cœur
pendant qu'elle dort.

FRANCESCO.

Il n'en fera rien non plus ! ce feroit
l'envoyer trop traîtrement en l'autre
monde. Le trajet qu'elle doit faire eft
beaucoup trop important pour ne pas le
faire étant éveillé.

MARCO.

Francefco , il eft impoffible que tu
parles férieufement , & cependant je fré-
mis de ce badiñage.

FRANCESCO.

C'eft du moins mon férieux, que notre Capitaine nous a ordonné de l'éveil-
ler & de la poignarder, & que l'ordre
du Commandant doit s'exécuter ponctuellement. L'on voit aifément que tu es
encore novice dans ta profeffion. (*La
aififfant affez rudement.*) Caffandre !

CASSANDRE. (*S'éveillant en tremblant de peur.*)

Qu'eft-ce ? —— (*Elle a encore plus peur à l'afpect de ces affaffins.*) Dieu tout-puiffant ! Comment êtes-vous venus ici ? qui êtes-vous ?

FRANCESCO.

Nous fommes des députés chargés de te dire qu'il eft tems que tu quittes ce monde.

CASSANDRE.

Ayez compaffion de moi ! exigez ce que vous voudrez , mais conferyez-moi la vie ! Miféricorde ! miféricorde !

FRANCESCO.

Demande-la à Dieu ! — Les hommes n'ont que des poignards pour toi.

CASSANDRE.

Vous favez que mon coufin Robert
eft homme d'un grand crédit. . . . .

FRANCESCO.

Nous favons que c'eft juftement par
fes ordres.

CASSANDRE.

Par fes ordres ? quelle infamie ! — Et
Bonaventuri ! le connoiffez-vous ?

FRANCESCO.

Connois-tu fon fang ? tu en vois ici
des traces. (*En montrant des taches fur
fon habit.*)

CASSANDRE.

Par les divines plaies de celui qui eft
mort fur la croix. . . . . .

FRANCESCO. (*Ironiquement.*)

Ne t'inquiete pas , bientôt tu auras

L 4

toi-même affez de plaies. Dis un *Pater*
& un *Ave* , & meurs alors ! prie auffi-
tôt , & n'ouvre plus la bouche. (*Une*
paufe frémiffante de quelques fecondes ,
pendant laquelle Caffandre , *qui n'ofe*
prononcer une fyllabe , *tend les mains*
jointes vers tous les deux ; Marco eft
touché , *Francefco aucunement.*)

F R A N C E S C O.

As-tu préfentement fini ta priere ?

C A S S A N D R E,

Soyez miféricordieux , comment pourrois-je dans cette cruelle fituation · · · ·

F R A N C E S C O,

Hé bien ! fans priere que le Ciel faffe
de toi ce qu'il voudra ! ton dernier moment eft arrivé (*Il lui enfonce fon poi-*
gnard dans le fein gauche.)

CASSANDRE (*Se retournant dans une inquiétude mortelle.*)

Jufte Ciel !

F R A N C E S C O.

Et tu ne m'aides pas , Marco ? —
Bravo ! j'ai attrapé le cœur ! Regarde
avec quelle promptitude ces mouvemens
convulfifs tournent en engourdiffement !
— Il faut avouer que ceux qui tremblent
pendant des années entieres pour une fi
courte fouffrance , font de véritables lâches ! — Viens , nous avons exécuté nos
ordres. (*Ils partent.*)

Cependant l'infortuné Bonaventuri
palpitoit encore dans fon fang , mais fans
mouvement & fans connoiffance. Le
bruit du combat avoit réveillé les habi-
tans voifins : crainte de danger perfonnel , aucun d'eux n'ofoit s'approcher
pour voir de quoi il étoit queftion ; mais

L 5,

après que tout ce tapage fut diffipé ,
quelques-uns fe glifferent hors de leurs
maifons , virent cet effroyable fpectacle ,
reconnurent bientôt celui qui avoit été
fi cruellement affaffiné , & tâcherent de
lui porter du fecours. Ils trouverent vingt-
cinq plaies profondes ; & malgré cela
un refte de vie , ce qui leur fit prendre
le parti de le tranfporter chez lui en toute
diligence.

Dieu ! quel afpect pour le cœur fen-
fible de Bianca lorfqu'elle apperçut dans
cet état l'homme qu'elle aimoit toujours
encore d'un amour ardent. Eut-il été
dix fois plus coupable, la compaffion le
lui auroit rendu cher dans ce moment :
mais lui, à qui elle avoit tout facrifié &
facrifioit encore ; lui , dont elle envifageoit toujours encore les égaremens comme un faux-pas, & non pour un crime;
lui — aucune voix d'Ange n'eft pas capable d'exprimer combien il lui étoit
cher. Les Médecins arriverent. Ils hauffe-

rent les épaules d'une maniere compatiſſante ; leur ſentiment fut un jugement
de mort inévitable. Ils aſſurerent d'une
voix unanime (ce qui eſt très-rare &
même un phénomene chez Meſſieurs de
la Faculté) » qu'il étoit incertain ſi leurs
» remedes les plus efficaces pourroient lui
» rendre la connoiſſance ; mais qu'il étoit
» très-certain que ce retour à la vie ne
» pouvoit durer tout au plus que quel-
» ques minutes. «

   » Demandez tout ce qu'il vous plai-
» ra, mes amis (s'écria Bianca) & faites
» qu'il puiſſe du moins encore me voir
» une fois, & me conſoler par une pa-
» role de ſa bouche ! «

Ils firent ce qui dépendit d'eux. Les
lamentations de Bianca, ſes cris angoiſ-
ſés effectuerent plus que tous les Médecins ; elles pénétrerent à ſes oreilles déjà
engourdies ; ſon cœur raſſembla pour la
derniere fois tout le ſang qui lui reſtoit :
ſes yeux fermés commencerent à s'ouvrir ;

ils virent de rechef la lumiere, & fon af-
foupiffement redevint le fentiment, non
pas de la vie, mais de la fouffrance.
Bianca pouffa un cri de joie, & elle faifit
fa main palpitante.

BONAVENTURI. (Se tournant ; &
après un profond foupir.)

Hélas ! eft-il poffible ! — Mon doux
Sauveur ! — Je vis encore ? — Qui ? —
qui m'éveille par de nouvelles douleurs ?

BIANCA.

Bonaventuri ! mon cher ami ! mon
tout !

BONAVENTURI.

Tu es auffi ici ? — Où fuis-je ? — Te
voici auffi ? Laiffe-moi éteindre mon crime par la mort·····

BIANCA.

Point de crime ! point de crime ! que
ne peux-je mourir avec toi !

BONAVENTURI.

Non, Bianca ! — ne me rend pas cette
féparation plus douloureufe. — Dieu ! —
mon cœur ! plus douloureufe par cet excès
de vertu : pardonne - moi feulement ;
— tout au plus ton interceffion. — O toi !
— (les convulfions,) Dieu ! Jufte Ciel !
mon cœur ! — fa flamme ! — (*Elevant fa*
téte.) Bianca, encore ce baifer fanglant
de féparation ! (*Il tombe en arriere.*) Et
maintenant adieu......., (*De nouvelles*
convulfions lui coupent la parole.)
Dieu ! pardonnez-moi ! (*Il expire.*)

B I A N C A. (*Se jettant fur lui &*
l'embraffant.)

Emporte-moi avec toi ! (*On l'arrache*
elle tombe fans connoiffance, & ne re-
vient à elle qu'au bout d'un long inter-
valle.) Où eft-il ? — Ha ! le voici ! le
voici tout-à-fait froid & roide ! (*Au Mé-*
decin.) Il eft donc entiérement mort ?
pour toujours ?

LE MÉDECIN. (*Hauſſant les épaules.*)

J'en ſuis fâché.

BIANCA. (*Prenant ſa main.*)

Bonaventuri ! Bonaventuri ! tout-à-fait mort ! entiérement ! — Une fin ſi prématurée & ſi ſanglante ! — ſi ſanglante & ſi exécrable ! (*Elle garde le ſilence pendant quelques minutes, & ſe tourne leſtement vers une de ſes femmes-de-chambre.*) Où peut-il être préſentement !

LA FEMME-DE-CHAMBRE.

Qui ?

BIANCA.

Bonaventuri ! — non pas ce cadavre ! le véritable Bonaventuri !

LA FEMME-DE-CHAMBRE. (*Fixant le Médecin avec anxiété.*)

Grand Dieu ! elle ne······

LE MÉDECIN.

Il feroit poffible ! une pareille terreur.

BIANCA. (*En fouriant douloureufe-*
fement.)

Tranquillifez-vous, & n'ayez pas peur !
je fais ce que je fens ; je fais ce que je dis !
—— où il peut-être à préfent , cet efprit
envolé de fi bonne heure, voilà ce que
je demandois. (*D'un ton réfolu.*) Qu'il
foit où il voudra , s'il peut encore m'entendre , qu'il m'entende donc ! qu'il m'entende du lieu de l'épreuve ou de l'anéan-
tiffement ! je ferai ce que je pourrai ;
je ferai ce qu'une époufe peut faire
pour procurer une fatisfaction à fon
ombre, & une vengeance à fa fanglante
mort ; & qu'un tourment fans fin foit
mon fort, mon nom, un outrage , fi jamais un homme peut , avec droit , fe
vanter d'un regard amical de ma part , à
moins qu'il ne foit fon vengeur......

En difant cela, elle fe leva, fe tint debout, effuya fes larmes, & alors elle regarda le corps mort de Bonaventuri d'un grand fang froid. — » Vous avez raifon, » M. le Docteur, il eft mort ! « — Elle leva alors la vue vers le Ciel pendant environ trois minutes. Une paufe folemnelle, plus touchante pour les fpectateurs que le plus favant fermon de la paffion. — Tel le filence inquiet d'un pays affujetti au terrible fléau des tremblemens de terre, quand un bruit fouterrain annonce la prochaine fecouffe, qui ravagera peut-être dans un clin d'œil des villes entieres, & renverfera des vaftes étendues de terrein.

On la laiffa feule ; elle fe baiffa pour appliquer un baifer fur la bouche glacée de fon cher époux.

» Il m'eft permis ! s'écria-t-elle ; j'ofe » le faire ! car je fuis innocente de fa » mort & de fon fang répandu : le Ciel » connoît la fincérité de mon offre, de

» rester ici , de souffrir pour lui , si cela
» pouvoit lui rendre la vie. — Mais afin
» que ce sentiment reste à jamais tel qu'il
» est à préfent. — Pardon , corps sanglant, il faut que je te vole. — (*Elle*
» *coupe les plus grosses boucles de sa*
» *chevelure, généralement ensanglantée.)*
» Tu étois autrefois brun & de soie ; j'ai
» souvent joué avec toi : à préfent je ne
» joue plus ; le sang a changé ta couleur,
» t'a rendu roide. Soit dorénavant mon
» bracelet ; mais qu'aucune larme d'en
» haut ne tombe jamais sur toi, crainte
» qu'elle n'enleve le sang de Bona-
» venturi ! «.

Elle lui donna encore un baiser , &
se tourna vers son appartement. Ses femmes la soutenoient. — » Je peux marcher
» seule , dit-elle ; j'ai suffisamment de
» forces , & j'en ai encore besoin. « —
On l'accompagna dans l'appartement :
avant de passer le seuil, elle tourna encore une fois la tête vers Bonaventuri.

» — Tu ne le fens pas , quand je t'en-
» voie encore un baifer ! mais tu le vois
» peut-être là-haut. Reçois-le ! reçois-le !
» toi dont la mort doit être vengée. «

On la pria d'aller au lit : » vous avez
» raifon de me le confeiller , répondit-
» elle ; il eft du moins affez large à préfent. « Sa douleur refta alors muette juf-
ques vers la pointe du jour ; elle ne répondit pas une fyllabe aux confolations ;
fes yeux furent conftamment fixés fur la
boucle enfanglantée , dont on fut réellement forcé de lui faire un bracelet. Son
cœur travaillé par la douleur interne ,
aucun mouvement de la bouche, qui
parloit avec elle-même ! — Il y avoit
tout à craindre pour fa tête, qui cependant fe foutint ; elle foutint un combat
tel que peu de héros en ont jamais
effuyé.

Elle envoya quelques lignes à Mondragon de grand matin , pour obtenir une
audience du Grand-Duc, qui lui fut ac-

cordée fur le champ. Elle y alla en habits d'un deuil profondément gravé dans fon cœur ; fa figure feule annonçoit la triftefſe plus que les vêtemens les plus lugubres. Dès qu'elle entra dans l'appartement du Grand-Duc, François vint à fa rencontre avec une mine compatiſſante à fon malheur ; il la prit par la main au moment qu'elle vouloit fe jetter à fes genoux , & lui adreſſi la parole avant qu'elle ait encore pu parler.

LE GRAND-DUC.

D'une façon , charmante Bianca , je devrois vous épargner toute parole propre à renouveiler votre douleur, & tout propos fufceptibles de réveiller vos fouffrances ; je le peux d'autant plus, que je défire de vous prévenir en vous accordant d'avance tout ce que vous pourrez me demander. —Je fais tout ce que vous avez perdu ; je partage avec vous votre perte , & conféquemment auſſi votre douleur.

B I A N C A.

Vraiment oui, V. A. S. doit favoir ce que j'ai perdu ; elle doit auffi prendre part à ma douleur ; car je ne fuis pas encore en état de décider lequel de nous deux a été le plus outragé par cet infâme & barbare affaffinat. Il a enlevé à V. A. S. l'objet de vos bienfaits, à moi celui de mon amour ! —— Il étoit mon époux, il étoit le très-fidele & très-zélé ferviteur de V. A. S.

L E G R A N D - D U C.

L'ami, — l'ami plutôt !

B I A N C A.

V. A. S., s'il étoit votre ami, fi ce mot, comme l'on ne peut en douter à l'égard d'un Prince auffi magnanime, — a été prononcé de cœur, & non de bouche feulement, vous êtes d'autant plus fortement obligé de venger fa mort ; fon fang publiquement répandu , comme celui des martyrs , crie vengeance , non-feulement devant le tribunal du Roi des Rois , mais devant votre trône.

LE GRAND-DUC.

Soyez affurée que je l'écouterai.

BIANCA.

Votre Alteffe doit non-feulement l'écouter , mais s'armer pour punir fes infâmes affaffins.

LE GRAND-DUC.

Cela ne manquera pas dès qu'ils feront connus (14).

BIANCA.

Ce font les Ricci ! qui peut en douter ? Robert ne l'a-t-il pas menacé publique-ment ? Caffandre . l'auteur de toute cette maudite querelle , n'a-t-elle pas auffi perdu la vie par la fureur de ces jaloux ? V. A.

S., si les inftantes prieres de l'innocence proſternée à vos genoux vous furent jamais cheres ; ſi l'objet de mes pleurs trop cruellement aſſaſſiné a jamais eu droit de prétendre à votre clémence ; ſi moi, qui embraſſe vos genoux......

LE GRAND-DUC. (*Voulant la relever.*)

Pour l'amour de Dieu , levez-vous, charmante Bianca, je ne peux ſouffrir....

BIANCA. (*Qui reſte à genoux.*)

Si jamais votre très-humble ſervante mérita votre gracieuſe bienveillance , — je vous en conjure , exaucez ma priere. — Quand même Bonaventuri auroit encouru votre diſgrace au moment de ſa mort, même alors· · · · · · Vraiment les crimes impunis oppriment les états ; ſouvent ils métamorphoſent en déſerts les territoires les plus fertiles : puiſſe le glorieux Souverain , dont Florence ſe réjouit,

ne jamais ternir son regne par de semblables fautes ! qu'il fasse par devoir de Prince , ce que d'ailleurs la compassion humaine lui ordonne de faire ! qu'il ne laisse
pas ici sans consolation une pauvre &
malheureuse veuve gémissante à ses pieds.
(*Pendant qu'elle leve en haut le bras ,
auquel est attachée la bouche de l'assas-
siné.*) Par-tout où elle jette la vue , elle
ne voit que le sang de son époux encore
fumant ; qui a fait serment de ne point se
dépouiller de ces précieuses reliques jusqu'à ce qu'elle sache que son ombre est
réconciliée.

LE GRAND-DUC.

Encore une fois , Madame , levez-vous,
si vous voulez que je reste ici ! — Vous
me parlez d'une maniere comme si vous
vouliez m'engager à faire une chose extrêmement difficile , tandis que mon propre cœur m'ordonne absolument ce que
vous demandez avec tant d'instance. —

Voilà ma main , j'y joins la parole d'un
Prince , qui n'y manqua jamais ; j'em-
ploierai tout ce qui eſt en mon pouvoir
pour découvrir & punir les coupables.
— Mais préſentement que je vous ai
écouté , & accordé votre demande autant que j'ai pu le faire ; apprenez auſſi
juſqu'à quel point je puis accomplir cette
promeſſe. Vos plaintes contre les aſſaſſins
de votre époux ſont fondées ; mais le
ſoupçon n'eſt point une certitude. Ce n'eſt
que d'après cette derniere que le Juge peut
condamner ; le tyran ſeul le fait ſur le
ſoupçon.

B I A N C A.

Rien de plus vrai ! mais un juſte Juge
tâche de changer la vraiſemblance en certitude. Je ne demande pas qu'on faſſe
mourir les Ricci ſans les avoir entendus ;
je demande ſeulement qu'on les arrête ;
qu'on mette un prix pour les découvrir ;

que

que l'on faffe une perquifition auffi févere
qu'il fera poffible !

LE GRAND-DUC.

Je vous fatisferois avec plaifir. Cependant cette perquifition feroit peut-être
dangereufe pour le Souverain d'un peuple
fi turbulent. — Oubliez-vous qui offenfa
le premier ? — Que l'ame de Bonaventuri
foit en paix ! Je le regrette autant que s'il
avoit été mon proche parent ; mais il eft
inconteftablement vrai qu'il a trop incon-
fidérément excité la jaloufie de cette puiffante maifon.

BIANCA.

Qui eft-ce qui avoit le droit d'être jaloux, excepté moi ? L'époufe de qui a-t-il
féduit ? Quelle vertu auparavant irréprochable a-t-il fait fufpecter ? — Pour de
femblables foupçons contre Caffandre ,
Robert ne gardoit-il pas autrefois le
filence ? Ne l'a-t-il pas encore gardé cette
fois-ci pendant long-tems ? Bonaventuri

Tome II.   M

n'a-t-il pas tenu ferme à fon difcours , en face de toute la Cour , avec le courage d'un homme ? Et l'affaffinat , même à raifon de la plus grande offenfe , eft-il une vengeance permife ? V. A. S. , fi vous fûtes jamais le fectateur des vertus d'un Prince, je le répete, fi votre fervante a jamais mérité..:

LE GRAND-DUC. (*Elle veut fe jetter de nouveau à fes genoux ; il la retient, & l'interrompt en fouriant.*)

Vous avez vraiment raifon de répéter ce dernier motif ; il pourroit bien être le plus fort & le plus perfuafif de tous. —(*Il tire la fonnette, un laquais vient.*) Le Lieutenant de ma Garde ! — Vous allez voir, charmante Bianca, combien une parole de votre bouche a de pouvoir fur moi ; combien elle me met au-deffus des difficultés qui d'ailleurs n'étoient vraiment pas d'une petite importance.

LE LIEUTENANT,

V. A. S. !

LE GRAND-DUC.

Que l'on arrête aussi-tôt Robert Ricci & ses freres ; que l'on amene ici Robert lui-même !

LE LIEUTENANT.

V. A. S. . . . .

LE GRAND-DUC.

Quoi ?

LE LIEUTENANT.

L'on vient d'annoncer que Robert Ricci & ses freres s'étoient sauvés ce matin , à la pointe du jour , & qu'ils avoient pris la route de Pise ; l'on n'en sait pas encore la raison.

BIANCA.

Je la sais. — (*Les mains jointes & élevées.*) Pere éternel , juste Dieu ! ils peuvent fuir au-delà des limites de la Toscane, mais non sortir de celles de ton empire & de ta toute-puissance ! — Quelque part qu'ils se transportent , sois leur ré

numérateur ! que l'ombre du défunt &
mon affliction les pourfuivent pas à pas
—V. A. S. . . . . .

LE GRAND-DUC.

Tranquillifez-vous, Madame ! je de-
vine votre priere. Juftement cette fuite
peut devenir funefte aux délinquans ; elle
dépofe même à préfent plus fortement
contre eux que tous les foupçons précédens ; & fi l'on peut les atteindre, foyez
affurée que l'on ne manquera ni de bonne
volonté, ni de mefures pour les punir.
— (*Au Lieutenant.*) Qu'on les pourfuive
au plus vîte ; que l'on publie une ordon-
nance, & qu'on les faffe ramener ici en-
chaînés, fi on les trouve.

LE LIEUTENANT.

A l'inftant, V. A. S. (*Il part ; Bianca
veut auffi fe retirer, le Prince lui fait
figne de refter.*)

LE GRAND-DUC.

Encore un moment, Madame ! Vous

voyez l'envie que j'ai de vous complaire ; vous voyez mon zele pour venger mon ami, & pour écouter les raisons de sa généreuse épouse ; cependant, malgré toute l'importance de ces raisons, vous avez oublié la plus forte de toute, — celle que je n'oublierai jamais ; vous avez oublié l'amour que je vous ai voué, & qui ne s'éteindra jamais dans mon cœur.

BIANCA. (*Qui veut s'en aller.*)

Pardonnez, mon Prince........

LE GRAND-DUC. (*La retenant.*)

Non, charmante Bianca, je ne vous aisse pas encore partir. Cet amour, prêt à faire en votre faveur tout ce que vous ouvez exiger ; — prêt à faire à votre poux un sanglant sacrifice d'expiation, ns crainte de la sédition, ni du danger, — ce même amour vous conjure présentment de modérer votre trop grande douur, crainte qu'elle ne pâlisse ces joues, 'elle n'ôte la vivacité à ces yeux cé-

leftes. — Ce que vous avez perdu étoit
beaucoup ; la maniere dont vous l'avez
perdu étoit douloureufe ; mais il ne dépend que de vous de réparer votre perte.

BIANCA.

De la réparer ? Plût à Dieu que la vie
de Bonaventuri......

LE GRAND-DUC.

Non , vraiment , je ne le penfois pas
ainfi ; mais je fongeois à un dédommage-
ment avec ufure , à un cœur qui vous
adore , qui fe donne entiérement à vous ;
qui ne fut jamais volage , & au cœur d'un
Prince , & qui plus eft d'un homme.
— Comme Grand-Duc , ce nouvel aman
vous confacreroit tout fon pouvoir, comm
François toute fon ame ; il vous......
Comment, vous ne m'écoutez pas feule
ment ?

BIANCA.

Je ne fuis occupée que de ce bracelet
cheveux ; ce font les cheveux de Bon

venturi teints de fon fang, répandu hier,
hier feulement ; mais j'efpere que dans
cent ans ce hier fera encore auffi vivement
imprimé dans ma mémcire qu'il l'eft au‑
jourd'hui.

LE GRAND-DUC.

Et fi l'on appaifoit les cris de ce fang ?
qu'en réfulteroit-il alors ?

BIANCA.

Celui qui le feroit pourroit compter fur
ma plus vive reconnoiffance ! ―― Cepen‑
dant V. A. S. me pardonnera ; la trifteffe
& la douleur appéfantiffent ma langue,
& la rendent incapable d'un plus long en‑
tretien. Je pars ; mais je me préfenterai
bientôt de nouveau devant votre trône
pour renouveller ma priere.

LE GRAND-DUC,

Vous pouvez paroître, non-feulement
devant mon trône, mais dans cet appar‑
tement, auffi fouvent que vous le jugerez
à propos. ― Je vous verrai arriver avec

plus de plaisir qu'un Ange d'amour, si
votre cœur désiroit. —— Qu'il n'en soit
plus dit un mot aujourd'hui ! Je m'apperçois que votre chagrin est trop récent
pour admettre une consolation de ce genre.
— Cependant, belle Bianca, François ne
négligera pas de vous aller rendre visite de
tems en tems dans votre propre appartement.

B I A N C A.

Permettez que je le défende. Désor-
mais mes appartemens sont consacrés à
l'affliction ; ils seront arrosés de larmes ;
le deuil en bannira jusqu'au moindre sou
rire ; les gémissemens étoufferont chaque
son de joie, & conséquemment ils inter-
diront toute visite.

Fin du Tome second.

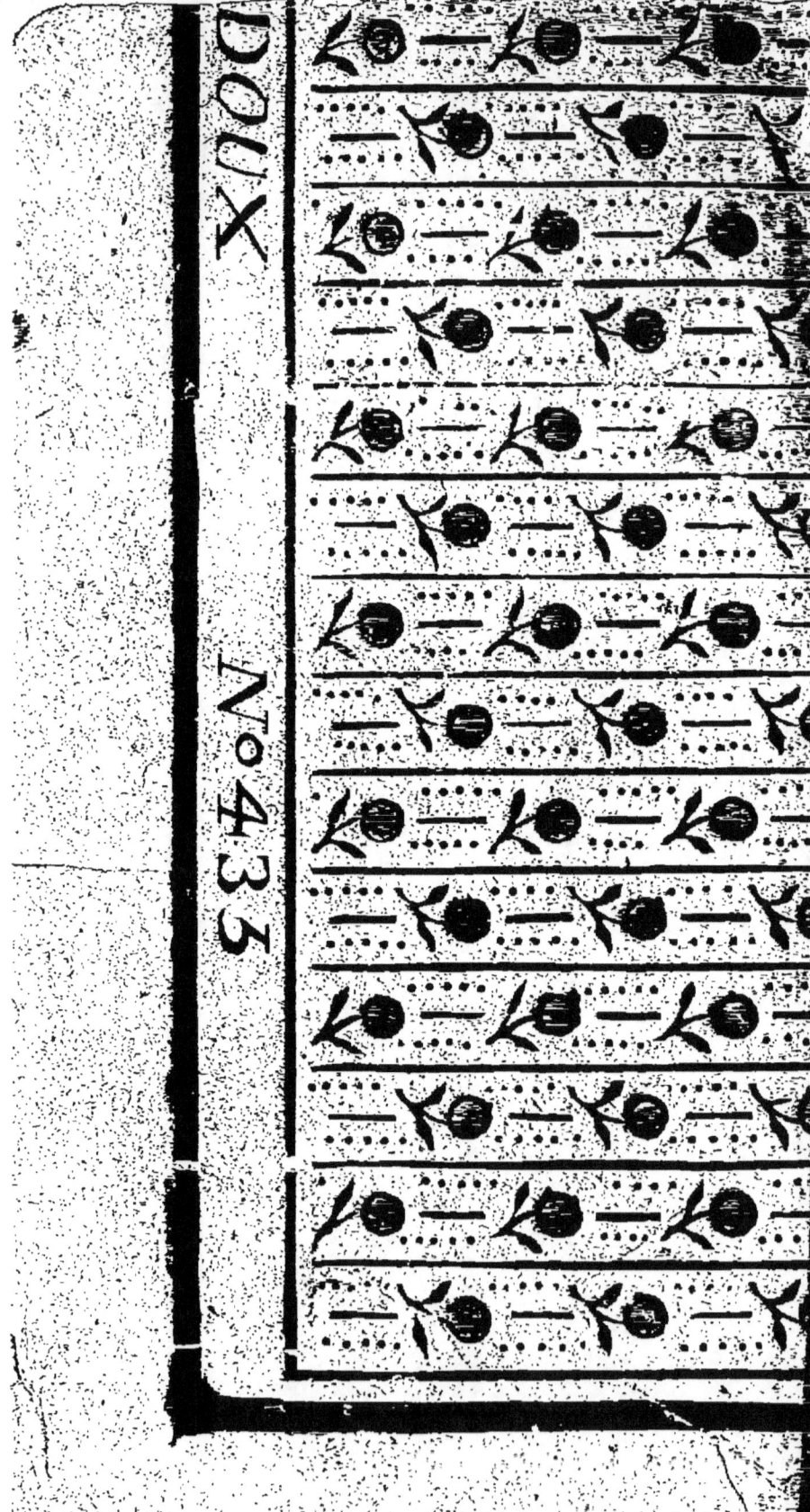

DOUX N°433